밤과 꿈의 뉘앙스

밤과 꿈의 뉘앙스

박은정 시집

민음의 시 268

민음사

사랑의 프락치들 앞에
시궁쥐처럼 모여 앉아
영혼의 매장량을 세어 본다

2020년 2월
박은정

차례

4부 여기 가장 둥근 빛 하나가

작품 해설 | 조재룡(문학평론가)

1부
우리의 가슴은 푸르른
멍을 쥐고

영원 무렵

죽을 때까지 함께하겠다는 말은
기억 속에서만 살아남았다

처방전을 주고
색색의 알약을 삼키고

다들 그렇게 사는 것 같았으니까

그런데 선생님, 저는 이미
잃을 것도 없고 얻고 싶은 것도 없는
시간들을 투약한 지 오래예요

눈 내리는 밤 제설차 밑으로
스스로 들어가는 고양이

어떤 자책도 없이
자신의 잠을 모두 쏟아 내는

한 뼘의 경희

개의 그림자는 한낮
죽은 나무들은 이름이 없다

세상의 종말을 기다리는 사람들이
매주 종로에 모였다

서툴게 인사를 나누며
출렁이던 사람들 틈에서
어깨를 움츠린 경희를 만났다

150센티미터도 안 되는
한 뼘의 경희

너는 영화를 좋아했고
롱부츠를 자주 신었고
붉은 입술이 온기로 부풀던 아이

덜 아문 상처를 서로 할퀴며
그럴 때마다 눈물이 솟아나는 게 신기해

훔치던 두 손을 모른 척하던

빠져나갈 구멍이 없다면
무릎을 껴안고 숨어 있는 게 안전해

어젯밤엔 술잔을 던졌고
내일 밤은 보들레르의 시를 읊으며
단골 바에서 울고 있을 예정이야

우리에겐 애인이 없고
직장이 없고 미래도 없었기에

끝내 바닥난 기분이 발목을 잡아채면
온통 고요한 거리를 바라보았다

내가 멀쩡히 살아 있다는 게
지겨워 견딜 수 없어

젖은 속눈썹이 떨려 오면

박차고 일어서던 너의 작은 등을
우리는 대화라고 불렀다

누가 더 길어졌나 내기를 하면
누구도 한 뼘에서 더 자라지 못하던

세상에는 구름 한 조각
잠깐의 빗소리와 길어진 그림자들

한 뼘이란 큰 걸까 작은 걸까

누구도 물어보지 않았는데
매일 밤 그 질문에 골몰하느라
머리가 하얗게 셌다

라니아케아*

파란 공이 울타리를 넘어
해변으로 굴러왔다

이것은 정체불명의 행성

사라져 가는 낙원을 지나
가늠할 수 없는 방향으로

이국의 목소리들이
야자수를 향해 달려가는 동안

점박이 수영복을 입은 여자가
모래사장에 묻어 버린 말

라니아케아,
은하계를 유영하는 마음

어제의 기원이 어디서부터 시작됐는지
오늘의 걸음이 어디쯤에서 끝나는지

내일이면 기억나지 않을 얼굴과 인사를 나누며
우리는 빛의 신앙으로 걷는다

이곳의 속도는 인간의 눈으로 가늠할 수 없어
더욱 아름다운지도 몰라

무리를 벗어난 행성
해변을 가로지르는 무지개
검게 탄 피부와 흩어지는 웃음들

마음은 모래알처럼 사소하여
작은 과오도 놓치지 않는 짐승이다

오늘이 관측되지 않았으면 좋겠어 세상의 미물이 사라지
고 불가능한 행성이 도래하여 모두의 얼굴을 가릴 때까지

태양 아래 반짝이던 네가
파도 속으로 사라진다

라니아케아,
고향으로 돌아가기엔 늦은 시간

누구도 공을 찾으러 오지 않는다

지친 거북들이 모래사장을 기어 다닐 때
알 수 없는 빛이 그림자를 비출 뿐

* 하와이의 해변. 원주민어로 '측정할 수 없는 천국'이라는 뜻이다.

숲과 수첩

　책상에 엎드려 눈을 감았다 감은 눈 속에 수첩이 하나 있다 어떤 사건도 일어나지 않는 숲속에 흑과 백이 섞여 흐려지고 있었다 숲과 수첩에 대해 매일 메모를 해 둬 오늘은 당신에게 전화를 걸고 내일은 전화를 건 사실조차 잊을 수 있도록 검게 다시 나약하게 희게 다시 막막하게 페이지를 넘기면 낯선 페이지가 나타나고 휘갈긴 번호가 휘갈긴 시간들이 휘갈긴 마음이 휘갈긴 망각들이 가득 차도록 숲은 차오르고 가라앉기를 반복한다 눈앞에 보이는 어둠이 지루해지면 잠이 들 테고 잠이 들면 다시 네 꿈을 꿀지도 모르지만 책상은 여전히 같은 자리에 있다 책상에 엎드려 자는 건 허리에 안 좋아 누군가 나를 밀어내는 저녁 오늘은 눈이 내릴지 모르고 아니 생각지 못한 불운이 덮칠지도 모르지만 숲은 검고 나약하고 검고 나약한 것들을 보고 있으면 수첩은 젖어 간다 수첩이 젖으면 얼굴이 젖어 들고 두 손이 퉁퉁 부을 때까지 눈을 감으면 수첩은 숲이 되고 숲은 수첩이 되어 서로의 몸에 나무를 그려 넣는다 하나의 나무에서 둘의 나무로 바람이 불고 셋의 바람이 부는 쪽으로 개미가 사라지는 오후 이 세상에 없는 사람으로 버림받는 기분을 아니 대답이 없는 쪽으로 고개를 돌리

면 혼자 골몰하는 그네가 있다 유년도 없는 두 발이 해가
지도록 흔들리고 있었다

춤추는 도마뱀의 리듬

이것은 뉘앙스다 탭탭탭 버튼을 누르면 대답하는 스텝들, 그는 생각했다 나를 이끄는 이 리듬은 어디서 온 것일까 불을 일으키고 어둠을 부르는 마음이 고개를 젓는다 너의 대답은 푸른색, 너의 음성은 회백색, 이 세계의 풍경을 믿을 수 없구나 (내 눈을 믿지 못한 지 오래되었어요) 나를 쫓는 그 것은 죽지 않고 절름거린다 이것이 춤이라는 듯 부점의 리듬으로, 밤새 거품을 물고 예술을 토론하던 부랑자들이 사라진 영감을 회상하는 동안 (이제 반성은 그만하고 싶군요) 오늘의 고통은 또 다른 춤이 되고 이렇게 몸의 요새가 만들어지고 우리는 아무런 도움 없이도 통곡할 수 있단다 부도덕한 자들의 신경은 명료하다 선한 자들의 면역은 나빠진다 겹창을 뒤덮는 모래바람, 낙타의 행렬은 죽은 자들의 방향, 보드카에 취한 부랑자들이 악취를 풍기며 비틀거린다 모두들 죽지 못해 그렇게 미쳐 가는 거야 익숙한 고통이 자신을 잘라 낼 때까지 (도마뱀의 기분을 생각해 본 적 있나요?) 혼자서 춤추는 뉘앙스, 버려진 꼬리를 보며 혀를 내두르는 도마뱀, 너는 슬프구나 너는 화가 났구나 너는 어쩔 줄 몰라 춤을 추는구나 온전히 네 몸뚱이를 맡긴 채, 평판은 어리석은 인간들의 것, 우리는 익살꾼처럼 단지 리듬을 탈 뿐

아가미의 시절

입을 숨겼습니다
저녁을 보았습니다
수족관에서 아가미를 하나 샀습니다

지독한 모래 먼지와 눈으로만 말하는 세계

죽은 것들을 수집합니다
도로와 하천에 떠다니는 그것들을
검은 자루에 모아서 태우는 일

친구들은 말이 없습니다.
가벼운 한숨으로 맥주를 마시며
아침이 오도록 바다가 나오는
화면을 바라보는 일로 시간을 보냅니다

어제는 친구의 영정 사진을 들고
마을을 돌았습니다 담벼락에 꽂힌
유리 조각들을 지나며 장송곡을 불렀지요

혀끝에 맴돌던 멜로디가 비늘처럼
바닥으로 떨어지지만 누구도 줍지 않아요

그저 한 번씩 눈을 끔뻑이며
물거품을 입술로 내뿜으며

우리가 가야 할 곳은 저기 푸른 물결 아래
입을 크게 벌리고 물속으로 사라지는 일
이제 가면 다시는 태어나지 말기를

타고 있습니다
여름이 타고 있습니다
죽은 친구의 몸이 타고 있습니다

아이들은 숨을 헐떡이면서도
놀이터를 떠날 줄 모릅니다

나는 밤새 채운 자루를 쥐고
폐타이어에 앉아 담배를 피웁니다

아가미가 마릅니다
비린내가 온몸을 타고 흐릅니다
친구의 영정 사진이 바람에 사라집니다

그저 한 번씩 눈을 끔벅이며
물거품을 입술로 터트리며

우리가 가야 할 시간은 저기 투명한 세상
양팔을 크게 벌려 꿈속으로 사라지는 일
이제 가면 다시는 노래하지 말기를

얼룩진 체온을 닦아 주어도
내일이면 바닥으로 흐르는 몸들

모래 먼지가 눈에 들어갈 때마다
검은 자루를 채우고 채워도

하천 위를 떠다니는 파지처럼
마른 입술에 피가 번집니다

구(球)

이곳은 미세먼지가 나쁨인 초여름의 빌라. 너와 나의 거리는 일정하게 움직인다. 누군가 다가서면 누군가는 멀어지듯이, 너는 구를 그린다. 구는 찢어진 볼처럼 붉다. 붉은 구는 꼭 붉지만은 않아서 검고 푸른빛으로 보이기도 한다. 그속에는 마주 앉은 우리가 있다. 그곳을 제2의 행성이라고하자. 대기로만 이루어진 행성, 사람들의 눈빛으로만 이루어진 행성이라 하자. 이곳에서는 따분한 연습 없이 상상한 것들을 그릴 수 있다. 구는 0이 되고 공간이 되고 유희가 되고 슬픔이 된다. 거울이 되었다가 묘비명이 되었다가 밑동이 되었다가 낯선 비밀로 돌변하기도 한다. 너는 구를 본다. 시시때때로 실눈을 뜨고 하품을 하는, 너는 왼손잡이다. 아직 궁금한 것이 많은 나이이다. 그리고 이것은 구이지만 구가 아니다. 이것은 우리지만 우리를 빙자한 구이다. 처마 밑에서 비둘기들이 날갯짓을 하는 동안, 낡은 선풍기가 거실에서 돌아가는 동안, 너는 손발을 늘여 그림자를 채워 넣는다. 작은 네 손이 연필을 쥐고 빛을 지우면 검고 심약한 구는 잃어버린 어제처럼 굴러간다. 구르는 구는 시시각각 달라지고, 달라지는 빛 속에서 우리는 어지럽다. 당장이라도저 끝으로 사라질 것처럼 무모하다. 끝없이 가속페달을 밟는 기분으로, 사막이 출몰하고 태풍이 몰아치는 이 행성을 질주한다. 망쳐질 것들은 이미 망쳐진 세계, 출구를 찾을 수 없어 서로를 껴안고 숨죽일 수밖에 없는, 이곳은 이름 모를 행성이고 우리는 뿌연 대기 안에서 저녁밥을 먹을 것이다. 집 잃은 고양이를 품에 안고 잠들 때까지, 어디부터 그려야 할지 어디서부터 지워야 할지 알 수 없지만, 여기 가장 둥근 빛 하나가 책상 위에 있다.

악력(握力)

꽃병의 물이 썩어 간다 나는 누웠다 창밖에선 날카로운 감탄사들이 들려온다 오토바이 시동 소리가 퍼지고 개들은 더위 속에서 조금씩 미쳐 간다 눈을 감고 생각한다 이 폭염 아래서 내가 쓸 수 있는 글은 무엇일까 노래는 한 곡 반복된다 주먹을 쥐면 모든 것들이 빠져나간다 유년의 침울한 내가 옆에 눕는다 넌 변한 게 없구나 내 오른뺨을 찰싹 때리는 소리, 나의 슬픔은 맞아도 싸다 눈물이 귓속으로 떨어지는 동안 이 방은 안전한 어둠이다 인중에 땀이 맺힌다 눈물이 땀과 뒤섞인다 이 물질은 이제 무엇으로 연동되나 나는 걷고 있었다 부유하고 있었다 어떤 습관과 함께 나는 나로 인정받고 있었다 희미하게 방 안을 맴도는 기억이 있다 나는 새장에 갇힌 새를 보며 세계의 종말에 대해 말하고 있었다 등을 돌리면 엄마가 걸레로 바닥을 훔치고 있다 엄마는 반복되고 있었다 안방에도 거실에도 부엌에도 엄마, 머지않아 우린 다 사라질 거야 오후가 저물도록 새장의 새는 노래하지 않는다 나는 어둔 거실에 앉아 무언가를 중얼거리고 있다 그것은 노래도 한숨도 아닌 어떤 낯섦 같은 것이었는데, 그 낯섦 속에는 막 쓰기 시작한 잔혹사가 도사리고 있었다 어떤 비유도 어울리지 않는, 그저 멈춤, 다가가기 전의 망설임, 자신의 목소리를 듣기 전의 불안감, 다시 주먹을 쥔다 아무것도 가질 수 없는 불가능한 기억, 손안의 새가 날아간다 손안의 야생이 달아난다 너는 너무 감상적이야 유년의 내가 왼뺨을 때렸다 그것이 어떤 문장인지 나는 모른다 그저 네네 말하며 무릎을 꿇었다 이 이상하고 서글픈 일이 나의 잘못만은 아니라고 생각하면서, 그때 노래 한 구절이 들려왔다 끝도 없이 반복되던 노랫말이 들렸다 주먹을 다시 펴 본다 짓이겨진 새가 노래한다 문드러진 꽃들이 후두둑 떨어져 내렸다

마고는 태어난다

마고는 자신의 매부리코가 싫어
밤마다 거울을 보며 돼지코를 만들었다
군중들 틈에 숨어 있어도
유난히 눈에 띄는 구부러진 코
그럴 땐 애국도 자신도 다 내팽개치고 싶던
마고보다 더 마고 같은 코
주말마다 광장에는 사람들이 모여들었고
그런 주말의 골방에서 마고는 낮잠을 잤다
백색의 빙하가 가득한 세상
사랑하는 사람과 코를 부비며
그의 영혼까지 사랑하겠다 맹세한
날아오르던 새가 어둠으로 범벅되어
하루보다 더 길게 휘어진 골목에서
마고는 콧등에 떨어지는 빗방울을 맞으며
미래의 사랑과 수줍게 걷는다
그는 매번 사랑에 목숨을 걸었고
목숨을 걸 수 없을 때마다
마지막 사랑을 처음처럼 고백했다
밤마다 눈물콧물 범벅이 되도록

고백과 한탄과 저주를 퍼붓는 동안
마고의 코는 거짓말처럼 길어졌다
울적한 기분으로 정원을 거닐면
죽은 엄마가 심어 준 나무에
처음 보는 신기한 열매가 열렸다
나를 불쌍히 여기는 자는
사랑에 굶주린 개밖에 없어라
여름이 가고 열매가 떨어지면
코를 훌쩍이며 열매를 짓밟고
열매를 짓밟다 코를 팽 푸는 날들
내게도 최소한의 인생이 가능하다면
아마도 세간을 떠도는 소문일 테지
마고의 코는 아침이면 가장 먼저 햇살이 닿는 곳
이것은 축복일까 불행일까
내일이면 지리한 계절이 끝나고
끝 모를 창백이 몰려올 텐데
미래의 사랑과 키스를 하고
그가 떠난 자리에서 울렁거리는 코를 쥘 때
어디선가 신경질적으로 마고를 부르는 소리

마고는 안간힘으로 코를 쳐들고
슬픔인지 고통인지 알 수 없는
돼지의 울음을 힘껏 울기 시작했다

위험한 마음

그 노래가 끊기고
개는 비를 맞고 있었다

멍청한 것, 아직도 그를 기다리다니

젖은 몸으로 낯선 곳을 헤맸지
아름다운 건 어디에도 없다는 것을 배우려고

간절한 사랑 노래를 부르던 소녀가
자신이 키우던 고양이를 내던질 때

같은 불행을 사이에 두고
너와 나는 친구가 되었다네

내가 아는 마음이란
부르지 않아도 달려가 흔드는 꼬리 같은 것

거추장스러운 운명보다
우리의 작은 몸뚱이를 사랑했지

간밤의 회오리가 나무들을 덮치고
나쁜 꿈이 잠든 짐승을 키우듯

마음이 흔들릴 때마다 조금씩 미쳐 가는 거야
누구도 묘사할 수 없는 표정으로

이것 봐, 의도하지 않아도
이 세계의 서사는 더없이 비극적이잖아

예배당의 불빛이 꺼지고
푸른 눈의 까마귀가 저편에서 떨어진다

너무 많은 지붕 아래서
나날의 죽음을 빚는 사람들

네가 죽는다고 그가 슬퍼할 것 같아?

백태 낀 창문이 흔들려도

그는 나타나지 않는다

낡은 교훈을 버리고 서로의 입술에
미숙한 사랑을 자랑하듯

불행을 증축하다 어깨가 빠진
마음을 꿈에서도 믿을 수 없었다

서기의 밤

밤이었다 낮이라고 하기엔 우울했으니까 부모를 버리고 슬픔에 빠진 아이의 얼굴을 아름답다 느낀 밤이었다 어쩌면 다시는 없을 미움에 몰두하느라 자신의 나이를 잊어버린 눈빛이라 말해도 좋을 밤이었다 그날은 우연치 않게 우연으로 점철된 하루였다고 너는 말한다 그리고 나는, 너를 받아쓰는 사람이다

너는 언젠가부터 취해 있다 느슨한 혀로 알 수 없는 문장을 발음하느라 자주 흐느낀다 그러니까 어디까지 했더라 기억나지 않는 것을 생각하느라 생긴 주름을 나는 어떻게 받아써야 할지 몰라 볼펜을 돌린다 시계 방향과 시계 반대 방향으로 돌리다 보면 끝과 시작이 사라질 테고 그러다 보면 스스로 멈추거나 추락할 때도 있으니까

너는 한 문장을 바라보고 있다 퍼즐 조각을 맞추듯 손끝이 부스러지고 부서진 문장이 슬로모션으로 달아나는 것을 보면서, 기타라고 발음하자 기타, 네가 기타라고 말하면 나는 같다라고 쓰고 기타라고 쓰면 너는 기다 기어가다 기다랗다라고 말한다 그렇다 너의 혀는 길고 나의 손가락

은 마디가 없다 입속의 침묵과 망각으로 만든 문장을 나열하면 나열한 문장들이 저들끼리 분란하도록, 우리를 지나친 시간이 밤의 무한으로 나아가도록

그러니까 어제는 밤이라 말해도 좋고 새벽이라 말해도 옳다 모두들 절반쯤 흔들리고 있었으니까 너는 여전히 미간을 좁히며 무엇을 잊었는지 생각한다 나는 아랑곳하지 않고 볼펜을 돌린다 창밖에는 편백나무 숲이 보인다 한 문장만 반복하던 날들을 사랑이라 불렀던 적이 있다

델마와 피크닉

　델마, 그를 사랑하는 거니? 그는 타락한 목동이야 어디
에도 머물지 못하고 부드러운 눈빛과 혀를 휘두르며 심약
한 여인들의 가슴을 건드리지 소문에 의하면 그가 머물렀
던 마을마다 갈비뼈가 곪은 여자들이 많다니까 목동의 본
분은 그 눈빛과 혀로 허공의 선율을 기르는 거 아닌가? 난
그 애를 사랑하진 않지만 아주 아끼지 아낀다는 말에는
손끝에 맺힌 핏방울의 아슬함이 있어

　환풍기가 돈다
　바에 앉아 맥주를 마신다
　델마가 사진을 찍자 누군가 항의를 한다
　멋쩍어진 델마, 화가 나는 델마, 머저리 같은 것들
　돗자리를 들고 강변으로 가자
　눈이 내릴지도 모르는 계절을 쫓아
　시끄러운 것들은 다 없애 버리자

　델마와 피크닉을 간다
　비틀거리는 자전거를 타고
　이러다 갈비뼈가 부러질지 모르지만

뿌연 안개 속을 유유히 질러간다
피크닉이라니, 이것 참 근사하지 않아?

델마, 사랑은 무얼까 글리세린처럼
미끌거리며 흘러내리는 게 사랑일까
구석에 앉아 부러진 선풍기 날개를 바라보는 게 사랑일까
갈비뼈가 자꾸 아픈 건 우리가 부재라는 증거일까

공원 가장자리에 돗자리를 깐다
거친 자갈이 박혀 있는 바닥에
엉덩이를 붙이고 무수한 허공을 본다
델마가 말했다 휴일의 공원 오후는
불치병 환자의 미소를 닮았구나

주인과 산책을 나온 강아지가
잔디밭 위를 탱탱볼처럼 뛰어다닌다
우리는 식은 김밥을 먹으며
검은 강을 바라본다

누군가 흥얼거리는 소리
저문 강물 위로 새가 출렁이고
손을 뻗으면 모든 것이 손끝에서 멀어진다

델마가 얼굴을 파묻고 울기 시작했다
너는 꼭 내일이라도 죽을 것처럼 우는구나
갈비뼈에 좋다는 홍화씨를 한 알씩 씹는다
무엇이든 사랑할 수 있을 것 같다

이미 떠난 것들에겐 굿바이 키스를 날리고
이 공원의 강아지에게 남은 사랑을 줘 버리자
허리가 꺾이도록 웃는 델마, 바라보는 나
이제야 우리는 조금 살 것 같다

델마, 아무래도 이건 꿈속이겠지
눈을 뜨면 비바람이 몰아치는 공원에서
돗자리도 없이 혼자 강을 바라보는
목동의 꿈 같은

미광의 밤은 푸르렀네

어제는 팔월이었지
내일은 구렁이가 일어날 봄일 테고
그러거나 말거나 너는
미친년처럼 소리를 지르며
홍대 주차장 거리를 맨발로 뛰어다녔지
누군가 너의 가방을 들고 뒤쫓았지만
너는 너무 빠르고 두려운 나머지
네 얼굴을 감싸며 달아나고
사람들은 더위에 지친 걸음으로
너를 보네 이 허망한 밤처럼
우물쭈물하는 취객들 뒤에 숨어
지난밤의 순례와 지지난밤의 진창 속에서
울먹이며 기도하는 신을 향해
너는 지치지도 않는 짐승이 되어
풀어진 목줄을 휘날리고 있네
살찐 돼지의 헐떡이는 심장으로
스스로 숨통을 끊지 못해 우·우·우·우
어쩔 수 없는 밤이 우리를 갉아먹도록
오, 놀라운 평화의 밤이로다

누구도 꿈꾸지 않는 공백의 밤이로다
한숨과 불면에 겁먹은 사람들이
작은 선의에도 피가 마르고 있네
아랫입술이 윗입술에게 말문이 막히는 지경으로
쓰레기통 옆에서 잠든 사람들과
걷어차인 술병들이 소란스럽네
너의 머릿속에는 쇄빙선 지나가는 소리
무엇을 위해 이곳을 떠돌고 있나
이제는 구제불능의 고개를 흔들며
더없이 슬프고 이상한 밤에는
두 다리를 떨던 사람들이
허공의 십자가를 향해 전진하네
너는 사라지지 않고 도모하지 않고
쏟아지는 고양이들의 울음과
날카로운 경적음 속으로 달아나네
식은땀을 흘리며 리어카를 끄는
자욱한 빛이 네 얼굴을 스칠 때
우리의 가슴은 푸르른 멍을 쥐고

사라지는

현기증이 바다를 덮친다

공중이 쌓이고
몇 번의 계절이 지났지만
누구의 진술도 들을 수 없던 시간

기다리는 사람들은 오래 낮잠에 빠졌다

저기, 가장 평화로운 곳에
나무 한 그루가 있어

오늘을 잊을까 봐 거울을 봐요

바다는 모든 것을 비워 낸 듯 고요하고
고요한 바다는 꿈처럼 공중을 장전한다

이곳이 아닌 다른 시공간으로
쏟아지는 새들

부디 돌아오세요
여독은 다음 생에도 계속될 테니

집과 나무가 헐리자
망막 위의 그림자가 놓친 빛

거울을 보면 없는 얼굴이
사라진 얼굴을 더듬고 있다

나는 이제 나의 기억에 불과해요

창을 뒤덮은 구름이 흩어지면
눈앞엔 부드러운 낭떠러지가 있어

믿을 수 없다는 말을
빼곡하게 수기(手記)하는 사람들

오늘의 비행운이 길어졌다

게이트 앞에는

모르는 당신들이 공중을 향해

손을 흔들고.

고독의 첫날

바다로 돌진하는 자동차와
화가 난 사람들이 이 골목에서 저 벼랑으로
서로의 고민으로 더럽혀진 귀는 버리고
무엇도 되지 못한 아이들이 그 귀를 달고
떡갈나무 아래 휘청이는 아침

밤이 끝나도 떨어지는 성운들
나의 묘비명에는 쓰고 싶은 말이 넘쳐
너무 많은 교훈을 배우는 동안
참았던 입술은 터지고 말 것인데

돼지는 강제로 나를 키웠죠
욕설을 사랑 고백처럼 내뱉으며
죽은 위인들의 책을 옆구리에 꽂아 주며
한 걸음마다 내가 넘어지도록

소파에는 뱃살이 늘어진 염소가 있어요
염소의 일과는 종일 노망든 철학자처럼 취하는 것
내가 가방을 던지며 거실로 들어서면

염소는 널브러져 코를 골고
소파 밑에는 캄캄하게 식은 성운들이

나는 친구들을 사랑하지만
똑똑한 그들은 넘어진 나를 단죄해요
휘청이는 다리가 내 잘못은 아닌데
그들에게 애걸하듯 욕설을 뱉어요
이건 내가 배운 사랑의 방식

나의 이름은 지성의 혈통
제정신으로 자신의 급소를 찌른 자들이
제 울음소리에 놀라 쓰러지는 날엔
서로의 뺨을 때리는 시늉하며
차창이 흐린 나라에서 제3의 이론을 꿈꾸죠

시력이 나쁜 당신들이 사랑한 건
파리가 들끓는 술과 고기들
핏줄은 못 속이는지 사시가 되어 고꾸라져도
나는 아직 할 말이 많아요

흰 공책에 일기를 써요

나의 더듬거리는 말투와 이상한 맞춤법 그리고 자꾸만
침을 삼키는 버릇까지

요즘의 기분은 종잡을 수 없이

새똥을 맞은 아이의 울음보

불길하지만 황홀한 날씨처럼

인생 철학도 없는 머저리가 되어 떠도는 이유를

그들은 죽을 때까지 알 수 없을 테죠

처음 옹알이를 할 때

염소는 나의 이름보다 지루한 주기도문을

하나부터 열까지 귓속말로 가르쳤죠

오물거리는 입을 때리던 검은 눈알이

내 고독의 첫날

허물어지듯 순식간에 태어나

실오라기 하나 걸친 모습으로 잠들면

꿈마다 독설을 내뱉어도 아무런 일이 일어나지 않는데

내가 정말 살아 있긴 한 걸까요

사랑에 실패한 이들은
매일 밤 글렌 굴드의 토카타 앨범을 들어요
이 토카타 앨범은 54분짜리죠
진흙탕 속에서 허밍하는 입술

고독한 혓바닥은 서툴고 어려워
끝내 사랑이 지루해진 게 내 탓일까요

달빛이 어룽거리는 얼굴이 있고
흩어지는 몸부림이 그린 선율이 있고
불가능한 철옹성이 무너지는 섬광이 있는
살아갈수록 경이로운 인생이에요

매일 밤 나의 고향에는 굳건한 위인들이
늙은 괴물처럼 티브이를 보면서 귀를 파고 있어요
이제는 옆구리의 책도 매정한 입술도 없이
밤마다 전화를 걸어 사랑한다고 말해요

영혼도 없이 신의 목젖을 흉내 낸 죄로
각자의 귓바퀴 속을 서걱거리며
못자리도 없는 가축처럼 허둥대면서

연보

1906년 4월 13일 성금요일, 아일랜드 더블린 남쪽 마을 폭스록의 집. '쿨드리너'에서 신교도인 건축 측량사 윌리엄과 그의 아내 메이의 둘째 아들 새뮤얼 바클레이 베킷 출생.

태어나서 맨 처음 한 일은 계단을 오르는 일이었다
낡고 가파른 계단에서 뒤로 굴러 떨어지는 일
그것은 생의 잠꼬대처럼 황홀한 회전축을 가지고 있었고
사람들은 나를 보며 모두 탄성을 질러 댔지

완벽하게 짜깁기한 행적
누군가는 그것을 자존심도 없는 부랑아의 일생이라고 불렀고
내 부모는 그것을 읽지도 못한 채 죽어 버렸지만

나는 수영과 테니스를 좋아했지
런던으로 이사 온 뒤에는 지하실에서 한 발짝도 나오지 않고
곰팡이가 슨 여인들의 엉덩이를 출간하고
보이지 않는 장면들을 상상하는 일로 늦은 오후를 보

냈지

　시시한 운명론자들의 농담에
ㆍ터무니없는 악의를 다짐하고
　독자들은 전지적 작가 시점에 심취해서
　나의 허술한 인생을 읊어 대는 동안

　　—탈고
　　—악의
　　—푸념
　　—애호가들에 대한 복수심
　　—극소량의 실명

　1971년 2월 중순, 오른쪽 눈 수술을 받는다.「숨소리」프
랑스어 버전이《카이에뒤 슈맹》4월호에 실린다. 8~9월, 베
를린을 방문해 9월 17일「행복한 날들」을 실러 극장에서
연출한다. 10~11월, 요양차 몰타에 머문다.

　몰타의 거리에는 사이렌이 울리고

죽음을 갱신한 위인들이 그들의 별장에서
화려한 패브릭 천을 감싸고 시시덕거릴 때
나는 묵직한 유령으로 변하고 있었다

징글징글하구나
별다를 것 없는 시간들이여
나는 아직도 목덜미에 내려앉는 석양을
망치로 두드리며 의도적으로 죽어 가고 있다

우아하게 펜을 들고
사기꾼들의 간유리 같은 눈으로
인생의 목록을 작성하는 자들

불현듯 출생과 사망이 교란되고
나의 종아리를 쓰다듬던 여인은 사라졌지
책상 위에는 우울한 실패작들만 남은 채
한 작가의 일생이 묘연해지고

가난과 불신과 염려를 간략하게 지운

깨달음도 없이 게으른 자들을 사로잡는
끄트머리에 유기된 문장들

하여 형편없는 두발짐승은 감옥 속으로
오랜 미간의 두통을 안고
오지 않을 윤회를 꿈꾸는데

— 겁먹은 자로 살다가
— 농담과 모순의 빌미에 붙잡혀 살다가
— 투망 속에 갇힌 우악스러운 아귀가 되었다가
— 무기력에 요령 없이 먹먹해지다가

1989년 12월 22일 사망.
나는 파리의 몽파르나스 묘지에 안장된다.

* 사뮈엘 베케트 선집(워크룸프레스, 2016)의 연보에서 차용.

2부
마음은 모래알처럼
사소하여

몸주*

감당할 수 없는 밤을
아무 일 없는 듯이 지나며

어제도 오늘도
너를 아끼고 너를 만진다
그건 내가 하는 일이 아니다
내가 모르게 하는 일도 아니다

창밖에는 여고가 보인다
여고에는 벤치와 운동장이 있다
너는 그것을 울렁이는 여백 같다며
불면에 시달리는 사람처럼 말한다

너의 방에는
크고 작은 액자들이 있다
플라타너스 잎이 기울어진 길 사이
무언가를 잊은 얼굴로 서 있는 사람

소중한 것들은 잊었다

처음부터 잃은 채로 태어난 거다
미련처럼 복통이 온다

비탈진 프레임에서는
자꾸만 빛 멍울이 번졌다

이래서는 아무것도 찍을 수 없잖아

사라지려는 순간을 어루만지듯
흐릿한 피사체인 너를 만진다
그건 내가 하는 일이다
나도 모르게 하는 일이다

멀리서 들려오는 캐럴이 흰 눈처럼
방 안으로 흘러 들어올 때
어린아이처럼 뾰족한 입술로
내 목덜미를 물어뜯는

핏물이 떨어지는 목을 쥐고

창밖을 보면 벤치와 운동장에는
환호와 탄성이 뒤섞인 소녀들

등 뒤의 네가 빛으로 흩어진다

암막 커튼을 내리고
어둠에서 처음으로
서로의 이름을 건네며 인사를 나눈다

그걸 운명이라 말하면
다들 혀를 내두르며 도망쳤다

---

* 무당의 몸에 처음으로 내린 신. 무당은 몸주를 주신(主神)으로 모신다.

백치

　나는 백치예요 과자 부스러기 같은 표정으로 이곳에 살아요 가끔 화가 날 땐 돼지우리에 들어가 잠을 자거나 죽은 사람의 유언을 따라해요 사람이 아닌 사람으로 동쪽을 잃은 서쪽의 걸음걸이로 내가 당신에게 다가가는 건 무심코 끄적인 낙서의 진심 같은 것 오후 시간이 무료할 때는 손가락을 빨면서 방울토마토 맛이 나는 이유를 생각해요 죄책감도 없이 태어난 몸뚱이를 잊어요 백치가 왜 한 치의 슬픔에도 전생을 떠올리는지 아시는지요 그건 뱀처럼 똬리를 튼 꿈들이 손안에서 반짝이기 때문이에요 냉장고를 열면 썩어 가는 야채들이 있고 서랍장에는 내가 아껴 입던 티셔츠가 있어요 당신은 책상 앞에 앉아 따분한 정치 기사를 보고 있어요 어깨 위에는 두 가닥 세 가닥 당신은 요즘 무슨 생각에 몰두하는지 머리칼이 자주 빠져요 나는 울적할 때마다 당신이 흘린 머리칼을 엮어 우리를 만들어요 그곳엔 결코 무너지지 않는 울타리가 있어 세상의 종말이 와도 우리의 염소와 돼지들이 안전하게 사랑할 수 있지요 태풍이 불고 폭설이 내리는 동안 이 집은 전력을 다해 낡을 테지만 당신이 접은 페이지들 사이로 염소들이 길을 만들어요 은밀한 돼지들이 진을 쳐요 투명한 나침반으로 해 길이를 가늠하는 이곳에는 매년 여름 축제가 있지요 축제의 전야에는 모두들 문을 닫고 사랑을 나눠요 나는 축제의 폭죽 소릴 들으며 오늘도 방울토마토 맛이 나는 발간 몸을 먹어요 당신이 천장을 보며 웃어요 이불을 덮어쓰고 울어요 영영 기억하지 못해요 여름 축제는 곧 끝이 날 테고 사람들은 하나둘 집으로 사라질 테지만 괜찮아요 내게는 아직 혀가 있고 사랑에 빠진 백치는 한 가지 맛만을 원하니까요

흰빛

저기 빛이 있다

늘어진 나뭇가지 속
흰빛

우리가 무한히 자란다면
계절 없는 나무 사이를 헤매지 않을 텐데

빛과 나무 아래
작고 고운 돌멩이

나는 이 돌멩이가 마음에 든다

돌멩이를 부르며 흰빛
돌멩이를 굴리며 흰빛

아이는 돌아보지 않는다

이것은 불가능한 게임

돌멩이는 차고 딱딱해진다

돌멩이는 흰빛을 잡아먹고
흰빛은 돌멩이를 지운다

눈을 감으면 흔들리는 나무들

나는 왜 이 숲에서 울고 있는가

혼미한 밤은 사냥개의 이빨을 드러내고
아이는 빨개진 얼굴로 덤불 속으로

어둠을 들추면 웅크린
흰빛

나무와 돌멩이를 부르며
나무와 돌멩이를 굴리며

다리를 절룩이는 아이가
숲을 열고 나간다

302호

빗소리가 귓바퀴에 모래알처럼 쌓이고
우리는 마지막 담배를 나누어 피운다

이제 악수를 나누며 헤어져야 할 시간, 언젠가 읽다 덮
은 소설처럼 시선을 거두고 처음부터 없었다는 듯이

이럴 줄 알았다면 새로 산 스웨터를 입고 멋진 작별 인
사를 연습해 두는 건데

고장 난 짐승처럼 누워 천장을 보고 있으면 곧 죽을 듯
일생이 파노라마로 지나가지 멍청한 우리는 입을 벌리고

아름답구나 무어라 말할 수 없이
요상하고 아름답구나

의미 없이 혼잣말을 들려주는 일이 좋아서
어릴 적 죽도록 오빠에게 맞던 기억이나 동생이 연못에
빠졌던 기억들도 오래 알고 지낸 사람에게 들려주듯

사랑을 다시 말하기엔 늦었고
이별을 다시 말하기엔 지쳤기에

모르는 사람처럼 각자의 신발을 신고
다시없을 다음을 기약하도록

창밖엔 구름 웅덩이
불 꺼진 방엔 모스부호처럼 떠도는 말들

꿈 없는 눈으로 앓듯
자꾸만 이불을 뒤척이는 기분을 아니

우박이 떨어지고 크리스마스가 오고 그 해 마지막 기도
가 잊히면 가엾고 따뜻한 입술에는 못다 한 인사만 남아

어젯밤 당신은 인간의 말을 버리고
짐승의 음성으로 일생을 울어 주었는데

낡은 액자 속에는 목동과 어린 양들

마지막 새해 기도를 올리고

내가 가진 슬픔은 작고 부드러워
두 손이 붉게 물들 때까지

주여, 우리를 한입에 삼키소서

꿈의 의자를 타고

헤어진 너와 누웠다. 천장에는 여름 모기 한 마리. 책장에는 아직 읽지 못한 책들이 성경처럼 꽂혀 있다. 정직한 계율처럼 창밖은 사각형이다. 머리부터 발끝까지 정교한 그림자를 본다. 한 움큼의 혼잣말로 깊고 서늘한 곳으로 차고 흐릿한 곳으로. 그 시절의 사과나무에는 사과가 자두나무에는 자두가 열릴 테니. 그 아래 꿈 없는 낮잠을 자도 좋으련만 우리는 헤어진 사람들. 그러니 어서 이 두 손을 풀고 모르는 사람처럼 일어서는 거다.

누군가 문을 열고 들어온다. 책장 모서리에는 의자가 놓여 있고 그가 묻는다. 왜 당신들은 오누이처럼 손을 잡고 있습니까. 이곳에 죽을 것처럼 잠겨 있으면 같은 날이 수천 번 흘러도 아무렇지 않습니다. 오늘은 무엇을 시인하고 있습니까. 단지 물속에서 나부끼고 숲속으로 출렁입니다. 최후도 없이 최후의 장소가 되어 갑니다. 사람들에게 복수하듯 침묵하고 친구들에게 사죄하듯 등을 돌립니다. 그래서 당신들이 얻는 것은 무엇입니까. 밤마다 치밀어 오르는 구역질을, 무심코 드러나는 혈흔들을, 가까이할수록 어두워지는 얼굴들을 잊습니다.

하나의 문장을 떠올리면 검게 나부끼는 창문들. 나는 어릴 적 마당에서 함께 놀던 고양이의 이름을 말합니다. 돌아오지 않는 붉은부리앵무새를 말합니다. 무엇이 더 필요합니까. 이 의자에 누워 사방으로 퍼져 갈 때, 당신은 어떤 소문을 들었기에 낯선 곳에 찾아왔습니까. 우리는 무엇이기에 이 두 손을 놓지 못하고 있습니까. 창밖에는 비가 내립니다. 들어왔으니 나가야 할 곳이 생기고 두 손을 잡았으니 놓아야 할 이유가 생깁니다. 고요가 지나갑니다. 우리는 그것을 알고 있습니다. 여길 보세요. 송곳니 하나가 웅덩이 속으로 서서히 가라앉았습니다.

검은 눈

검은 눈이 도시를 뒤덮자
아이들은 학교를 버리고
눈사람을 만들기 시작했다
겁먹은 개들이 사납게 짖고
야윈 고양이들이 뒷걸음질 쳤다
대기를 떠도는 불운한 공기와 타락의 징조가
이 도시의 유일한 생명체였다
하천을 따라 달리던 아이들이
죽은 물고기를 꼬챙이에 꽂아
눈사람의 입에 쑤셔 넣자
입 가진 모든 것들은 침묵해야 한다는
신념이 눈사람의 입에 꽃피었다
저녁이면 기어이 찾아드는 아이들과
그들의 혓바닥이 파고드는 불빛 아래
감자와 묽은 스프를 차려 놓고
울먹이며 기도하는 사람들
몇 년째 겨울은 검고 탁했으므로
봄이 오지 않는 그들의 도시에
기도도 없이 전도사들이 하나둘 죽어 가자

술집은 사라지고 첨탑의 종이 녹슬었다
각자 자신의 문을 굳게 잠근 채
어둠 속에서 검게 내리는
눈을 헤아려 보는 밤
도대체 이 무심한 장면은
어디서부터 발병한 것인지
구원은 요란한 고해성사처럼
마지막 남은 술병을 비우고
벌거벗은 관 속으로 들어간다
붉게 부어오른 혀를 말고
세상의 장례를 시작한다

술을 삼키는 목구멍의 기분으로

어제는 슬픈 주정뱅이의 문장을 오래 더듬었다 보이지 않아도 만질 수 있다고 믿는 동료들처럼 보이지 않는 문장을 지우고 술잔을 채웠다 아침이 와도 책상 위의 술잔은 계속 늘어났다 거듭되는 손이 있었고 거듭되지 않는 문장이 있었다 잿더미 위에서 피어오르는 문장, 혀를 내밀면 울어 버리는 문장, 저를 아껴 주지 못해 저를 망가트리는 문장, 나는 못하겠네 더 이상 바보가 될 수 없네 힘차게 이마를 문지르면 잔돈을 쥐어 주며 사랑해, 하여 나는 유리병에 문장을 모으는 사람, 유리병을 채워서 빛과 사랑이 없는 곳으로 달아나는 사람, 우리는 충분히 슬펐고 외로웠고 화가 났으나 그런 건 하룻밤 울고 나면 아무것도 아니라고, 만난 적 없는 동료들이 이구동성으로 깃발을 올릴 때, 나부끼는 깃발 사이로 스러지는 밤을 본다 오래전 바람을 타고 들어온 영혼은 사람의 입속에서만 살았다 입속에서 천국을 보고 입속에서 삶과 죽음을 다 살았다 이름을 부르면 머리칼 사이로 빠져나가는 영혼, 나는 하릴없이 소녀가 되었다 노인이 되어 소중한 것들을 하나씩 잊어 간다 연민 없이 시간의 살이 불어나는 동안 서로의 가장 나약한 문장을 쥐고 흔드는 사람들, 바람이 불어 갈 곳 없는 개의 두 눈이 흥건하게 젖어 든다 이봐, 영원이 아니라면 겁먹지 않아도 돼 매일 밤 감기는 눈을 울먹이며 버티는 사람이 있다 꺾어진 고개에 술잔이 넘어지도록 아직 못다 한 문장이 기어이 흩어지도록, 어디서도 실패하지 않을 고독은 나의 재능, 속수무책 하룻밤을 영혼 없이 구르는 동안에도 밤은 지나갈 테니, 술을 삼키는 목구멍의 기분 따위는 잠시 잊은 채.

수맥

정교한 꿈속에도
완성하지 못한 눈이 있었다

잠수부는 산소통을 버리고 심해의 색에 골몰한다

붉은 딱새들이 흔들리며 놀던 밤

옆으로 돋아난 눈을 감으면
물에 번지는 손금이 있었다

오늘의 나는 낯설구나

머리칼이 한 줌씩 빠질 때마다
돌멩이는 바닥 없이 낙하한다

불면의 밤이면 유예된 꿈을 점치는 자들

비문의 구름이 끝없는 장벽을 넘어가는 동안 박제된 물
결 속에서 눈물도 없이 울음을 쏟아 내던

잠수부는 자신의 죽음을 복기하듯
눈 없는 물고기를 바라본다

누군가 나의 발을 흔들고 있어

눈썹 사이로 숨을 끌어올리면
무뎌진 슬픔만큼 한껏 키가 자랐다

돌아오지 못한 자들의 꿈은 누구의 물거품인가

밀물도 썰물도 없는 곳에서
천년 동안 나를 부르는 소리

눈을 뜨면 무른 몸이 스미는 방

전생을 거듭한 한 영혼이
지친 눈꺼풀을 감는다

눈에 박힌 말들이 떠나간다

강풍이 불었다 한다
내일은 빙판길일 거라 했다
무릎이 잠길 정도로 눈이 쌓였다고 하더니
어디선가 들려온 캐럴이 잠든 이를 외롭게 만들던
그런 혹한의 밤이었다고 했다
하고 싶은 말을 눈으로 눌러쓰듯이
실수로 벌어진 입술 사이로
사소한 토씨 하나가 바람처럼
바닥에 내려앉아 깊이
깊이 자신의 길을 파고 있더란다
여기 있는 내가 말했다
사람의 마음을 가지고 장난치면
넌 사지가 쪼그라들어 노망이 날 것이라고
안간힘으로 말했노라고
그랬다고 했다
그러려니 했더니
아무것도 나아진 게 없어도 살 것 같은 기분이라서
아무것도 할 수 없는 기분으로
백지에 써 내려간 문장들을

다시 읽어 보았다고 했다
그러면 염병할,
빌어먹을, 천벌받을 글자들이
내 눈으로 들어와 눈을 파먹고
마음을 파먹고 그림자를 파먹다가
사지가 쪼그라든 내가
노망이 들어 사랑을 말했다고 한다
죽어서도 사랑을 말하고
썩어 가면서도 사랑을 말했더니
눈에 박힌 말들이 사방무늬로
울음을 터트리더란다
한 줌, 먹물 같은 눈물이
눈 위에 찍힌 발자국처럼
어딘가로 가고 있을 거라 한다

밤과 꿈의 뉘앙스

너의 귓바퀴를 만지다가
짙게 타 버린 색과 질감을 섞어, 이목구비가 없는 몰골
을 오래, 그렸다 지웠다

살아서는 끝내 잠들 수 없는 얼굴

이렇게 너를 보면 가까이, 좀 더 가까이 숨고 싶다 숨을
참고 싶다 풀이 무성한 침대 밑에서, 이불이 없는 벽장 속
에서, 누군가 울고 있을 커튼 뒤에서

우리는 막(幕) 내린 밤으로 숨어들어 와
사랑이라는 야만을 꿈꾸는 입술들

밤과 꿈 사이
탕헤르의 처녀처럼 춤을 추는

발가락이 꺾여도 멈추지 않는 턴 속으로, 초점을 잃은
눈으로 거울을 보듯, 자신의 철부지 연인을 시기하듯, 나는
밤을 흔적하고 꿈을 발굴한다 그때

너의 얼굴은
가장 먼 곳에 있다

꿈꾸지 않는다면 끝나지 않을 밤들
한 장씩 피부를 벗을 때마다 너는 작아진다 몸의 무늬들
이 물처럼 흔들린다 맨몸으로 떠다니는 갈 곳 없는 꿈처럼

잘 봐, 어둠마다 네가 거꾸로 매달려 있어

흔들리는 머리칼 너머
자신의 울지 않는 얼굴을 보는 악몽처럼
늑골에선 선율도 없이 무모한 코러스가

아침이 오면
우리는 나란히 누워 있다

내가 너의 목을 조르고
네가 나의 목을 조르면서

우츠보라

너의 이름은 우츠보라. 절름발이 감정으로 겨울을 나는 작고 풍요로운 야생. 세월이 가도 추위는 끝나지 않고 너는 눈보라 속에서 검은 이빨을 드러내고 웃는다. 공중에서 떨어지는 사람의 눈을 하고 어떤 목소리를 기다리는 우츠보라. 머리칼에서 자꾸 바람이 떨어지고 있어. 왼쪽의 죽음이 오른쪽은 아니라고 위로하는 자들의 뺨이 초라하게 빛날 때. 부질없는 진실을 말하듯 너의 이름을 부르는 메아리들. 이제 그만 손톱에 힘을 빼. 할퀼 수 있었다면 이미 뼈마디가 드러나도록 할퀴고 이곳을 떠났겠지. 눈보라는 스스로의 이름을 부르듯 끝없이 흩어지고. 그녀는 입술을 오므리며 내 발밑으로 밀려온다. 독한 술을 줄까 독한 담배를 줄까. 우리는 꺼진 땅 위에서 자꾸만 부끄러워지고 너의 흰 운동화는 검고 갈 곳이 없는데. 이 걸음을 저쪽으로 옮기면 웃을 수 있을까. 우츠보라는 늙어 버린 표정으로 아름다운 것을 이상하게 말한다. 기어이 살아야겠다고 사랑을 했는데 이미 죽어 버린 사람처럼. 시니컬한 너의 목소리가 눈보라와 함께 녹아내리는 밤. 우리는 단지 마음이 물컹해서 배를 움켜쥘 뿐인데. 괜찮아, 아무것도 설명할 수 없는 밤이래도. 이제는 벌레의 안간힘만 남은 우츠보라의 눈에서 저편의 내가 겁에 질려 울고 있었다.

형혹수심*

못내 아름다워지고 싶은
두 사람을 생각한다

이것을 최후의 충돌이라고 말해도 될까

너의 빗장뼈를 열면
불길한 밤과 어울리는 음악이 있다

아무 의미가 없던 것들은 죽음으로서
하나의 존재를 남긴다

가늠할 수 없는 먼 거리에서
두 개의 붉은 별이 전속력으로 질주하며
이리로 오고 있었다

두 사람이 만나
빛이 없어도 서로를 알아보는
알아볼 때마다 세상에서 가장 빛나는 얘기를 하는

이런 표정을 처음 본다는 듯 서로의 얼굴을 보고 있다

아무리 피해 다녀도 우리는 만날 거야 이걸 사람들은 징조
라고 말하지만

　　그럼에도 우리는 사랑이라는
　　수음과 연대할 수밖에 없어서

　　거대한 섬광이 사라지고
　　빛과 어둠이 없는 곳으로
　　우리의 주기가 같아지고 있어

　　저기, 강가에 보트가 묶여 있다
　　검은 머리의 사람들이 사라지고
　　물고기들의 지느러미가 녹는

　　이제 그 무엇도 남지 않은 마음으로
　　검게 출렁이는 수면 위를

　　나란히 떠오르고 있다
　　아픔을 느낄 운명도 없이

축축한 피가 빛나고 있었다

* 두 개의 붉은 별이 만나는 불길한 징조.

유성우

처음 만난 날이 언제였지 담벼락과 담쟁이를 지나 낯선
손을 잡았을 때, 가진 건 흐트러진 표정밖에 없는 사람끼
리 할 수 있는 건 그것밖에 없었지 아직은 겁 없이 어둠이
내려앉던 시절이었던가 인적이 드문 골목에서 누군가를 만
난다는 건 두려운 일일 텐데 내가 먼저 손을 내밀었나 당
신이 먼저 담배를 꺼냈나 문득 바람이 불고 기차가 땅을
울리며 지나갔지 그때 우리는 기차의 긴 꼬리를 보았던가
누군가의 낙서가 그려진 담벼락을 보았던가 당신은 운명을
믿어? 내가 아는 운명이란 아무리 고개를 흔들어도 눈을
덮는 슬픔 같은 것일 진대 우리는 허기진 마음으로 부속
고깃집에 앉아 누린내가 나는 고기를 질겅거렸지 무슨 말
을 해야 할지 몰라 소주만 들이키다가 오늘 유성우가 떨어
진다고 했나요 그랬나요 아주머니가 불판을 가는 동안 서
로의 이름도 묻지 않은 채, 이름이란 건 처음부터 가져 보
지 못한 사람들처럼 등을 맞고, 다만 우리가 이해하지 못
했던 당연한 것들에 대해 생각하면서, 가난한 오늘 밤에도
한 줌의 미래가 찾아올까 얼굴이 붉어질수록 나는 당신의
불안한 다리를 보았고 당신은 나의 부러진 손톱을 훔쳐봤
지만, 그 밤이 끝나도록 어떤 소원을 빌고 있었는지 몰라

불판 위의 고기가 검게 타는 동안 창밖의 유성우가 하얗게
사라지는 동안

3부

미숙한 사랑을 자랑하듯

겨울의 펠리컨

겨울은 길었다
영영 끝나지 않을 지루한 파티처럼
폭죽 소리만 요란하던 저녁

버스를 타고 지하철을 타고
너를 만나러 간다
너는 카페에 턱을 괴고 앉아
어떤 철학자의 책을 읽고 있다

이곳은 어디인가
너는 아직 나를 보지 않는다
도착할 곳 없는 날갯짓이 사위를 뒤흔든다

저기, 닿을 수 없는 곳에
크고 볼품없는 새가 이쪽을 보고 있다
어디선가 본 듯한 표정이다

너는 새의 부리에서
잊었던 그것을 꺼내어 보여 준다

그날의 우리만 볼 수 있는 그것은
작고 물컹한 주사위처럼 생겼다

보는 방향에 따라서
철학자의 이해할 수 없는 문장처럼, 정처 없이 굴러가다
맨홀에 빠진 공처럼, 열심히 마술 묘기를 했는데 아이들의
비웃음만 사고 마는 사내처럼, 어떤 외로운 방으로 보이기
도 한다

나는 외로워
외로움은 방의 몫이지 너의 몫이 아니야
너는 아무 말이 없다
그럴 수밖에 없는 말이 있다는 것을
우리는 알고 있다

너는 책을 덮고 일어선다
빠르지도 느리지도 않은 걸음으로
나의 얼굴을 통과해 간다

이 까페는 아이스크림이 유명하다
아이스크림을 주문한 뒤 진동 벨을 쥐고
창밖을 보았다 행인들의 패딩 점퍼는
모두 아이스크림처럼 보인다

이제 나는 펠리컨이라는 이름의
외로운 방을 가지고 있다

펠리컨 입속에 머리를 박고
저녁 내내 울고 있는 철학자를 본다

아무도 등을 두드려 주지 않는
그것이 문을 열고 나간다

눈을 뜨면 차고 달콤한 것이
손가락 사이로 흘러내리고 있었다

수색(水色)

유리병 속에 목소리들

텅 빈 공중을 울리며 달아나고 있었지 불우한 이마를
유리 벽에 박으며, 무거운 피가 뚝뚝 떨어질 때까지

이곳에 남은 것은 지치고 늙은 성정뿐

동전을 하나씩 흘리며 자신의 주머니를 털어 내는 동안
마음은 언제 헐릴지 모를 곳을 지난다

저 문을 열면 괘종시계가 있고 식탁이 있고
지금 여기에 없는 당신의 방이 있지

내가 죽으면 박제를 해 줘 슬픔도 기쁨도 없이 당신의
방에서 정적만을 먹고 살찌도록

낮과 밤을 잊고 헤매던 목소리와 담벼락에 얼굴을 묻고
울던 목소리, 기다리던 인기척에 지친 목소리들이 수신자
없는 안부를 전송한다

사람들이 손을 흔든다 떠나지 못하는 자들과 돌아오지
않는 자들 사이에서, 겨울은 지겹도록 계속되었다

주인 없는 문패를 내리고
찬바람 속으로 흩어지는 사람들

어두운 골목에서 십자가를 가리키던 당신은
왜 그런 얼굴을 하고 있었을까

사라진 동전들의 흔적을 찾듯
눈을 들어 이미 없는 곳을 돌아보면 거기,

아무도 없는 유리병이 굴러간다

이곳에 물이 마르고 있어
산 사람의 이름에 붉은 줄을 그으며

서리의 계절

　그는 보고 있다 떠나고 싶어 돌아왔으나 아무것도 하지
않고 하루를 보내는 여자를, 두 마리의 고양이는 서로를
기댄 채 영원으로 지워지고 여자의 입술에서 담배 연기가
흘러 나왔다 그때 소리가 들려왔다 나의 아이 나의 사물
나의 망각 나의 추위 나의 유언 여자는 반복되는 리듬을
따라 입을 움직인다 밤 거미 한 마리가 흔들리는 동안 눈
을 감아도 계속되는 목소리, 그는 죽었다기보다 외로웠다
외로웠다기보다 무너졌다 나는 아직 풀숲을 걷던 발소리를
기억하지 모퉁이에 숨은 아침 빛과 물결 아래 해파리가 꽃
이 되던 오후를, 여자가 천천히 눈을 감자 거미는 천장으로
올라가 공중을 탄다 차갑구나 산 사람이나 죽은 사람이나,
창밖은 낯선 계절의 어둠뿐, 두 마리의 고양이는 울지 않
는다 나의 아이 나의 사물 나의 망각 여자는 반복되는 음
성을 따라 자신의 음성을 듣는다 서리도 내리지 않는 계절
에 서리를 맞은 듯, 여자는 한기에 창문을 닫고 이불을 덮
어 쓴다 이 기묘한 반복구는 어디서 오는 걸까 이것은 이
름 없는 얼굴의 꿈일까 기억나지 않는 숲의 경고문일까 떠
나고 싶어 돌아왔으나 한 번도 떠나지 않았던 여자를 그는
추억한다고 말한다 빛과 어둠이 교차되고 있었다 고양이들

이 기지개를 펴며 물을 먹는다 여자의 입술에서 희미한 잔
설이 새어 나왔다

까맣고 야윈 달력에게

수천 장의 밤을 지나
나란히 기억하는 우리에 대해
그맘땐 극장에서 달아나던 신발이었고
때로는 식탁 앞 울먹이던 아이였는데
운명의 신이 장난치다 잠시 한눈을 판다면
고통을 주입해야 할 문을 잊어버렸다면
콩고에서 줄무늬 티셔츠를 입고 춤추는 사내
그는 어떤 근심도 없어 보이는데
한때 무지했거나 까만 눈을 흘겨 증오하던
세상 속에서 힘껏 고꾸라진다
이상해진다 자꾸 무모해진다
엘피판을 틀고 중절모를 쓴 엉덩이를 흔들며
제정신이 아닌 무지와 고독을 열병처럼 끌어안고
에볼라 예방 홍보 영상을 보는
그곳에는 몇 장의 다른 밤이 보랏빛 밤이
우스워 죽을 것 같은 부고들이
직립한 곤충들이 날아오르지 못하고
막바지의 매미와 귀가 큰 유순한 짐승들이
불타는 나무 아래 잃을 것 없는 사람이 되어

울고 있다 까맣고 야윈 눈으로 울고 있다
때로 그는 속죄를 발명한 해쓱한 얼굴로
마을의 번영 따위는 하늘을 뒤덮은 까마귀 떼에게 주고
풍요로이 찢긴 무늬를 수집하며 뒷걸음질한다
그건, 숲 근처에서만 가능해지는 일
열린 귓속으로 날벌레들이 들어와
계절도 없이 국경도 없이 알을 스는 일
그리하여 양은 울먹이고 사자는 고독하도록
슬픔이 비루한 우리를 살찌우고 바람을 피우고
서로의 다정한 목소리에 질겁하도록
실감을 잃어버린 감정에 대해
엎드려 우는 사람의 척추뼈를
칼림바 건반을 연주하듯 매만져 주고
사랑을 잃은 친구에게는 선인장 가시를 선물하는
치명적이지 않으나 추억을 불러오는 밤들에
우리는 다행이라고 말한 적 있다
무엇이 다행인지도 모른 채 다행이라서
사람처럼 먹고 자고 다시 넘어질 각오로
달력 한 장을 찢을 때마다 이상한 기분이 되어

서로의 닮은 어깨에 머리를 기댄 채
아직 오지 않은 사랑을 죽인다
엉망으로 취한 시간에는
모두들 가여운 짐승이 되기도 하는 거라
한 병의 위스키를 마시면 실패하지 않고
기꺼이 이상해지는 운명의 카드가
그의 호주머니에 있다

불황의 춤

태양아 나의 얼굴을 앞질러 가는 짐승아
나는 너와 반대편으로 눈을 감고 어둠의 춤을 추리라

어깨를 치고 달아나는 안개
세계는 광장을 잃고 거울 속을 배회한다

밤새 창밖을 보던 노멘이
자신의 신음을 낱낱이 복기하며
낡은 방문을 두드린다

나는 누구입니까
무엇이기에 당신의 손안에 있습니까

소매를 걷어붙이고 주먹이 붉어지도록
밝은 세기말의 침묵이다

목이 쉰 얼굴로 거울을 보는 노멘
아무리 닦아도 웃고 있는 얼굴은
몇 겹의 울음보다 슬프다

나는 갈 곳 없는 부리입니까
나는 이미 썩어 버린 열매입니까
하여 나는 눈을 뜬 유죄입니까

꿈마다 불황이 찾아오면 너는 살아 있는 인간
춤을 추어라 수천 개의 얼굴로

오른뺨을 맞으면
시린 왼뺨을 내어 주듯이
우리를 끝으로 이끄는 자들의
아름다운 이빨 앞에 엎드려

가망 없이 살아가는 날들을 기도하자꾸나

여기, 자신의 팔을 깨물며
광장을 배회하는 어린 노멘이 있다

오늘처럼 이상한 밤이면 모르는 자들을 초대하여

세계의 지리멸렬한 친절을 애도하도록

나의 생은 끝나지 않는 실패처럼
공중으로 떠오르다 무너지는 불황의 춤

거듭되는 반목의 세계
나는 야윈 목젖을 흔드는 배우처럼
딱 하루만 울겠습니다

나는 양보할 수 없는 소문입니다
나는 소문을 듣고 달려온 어린 연인입니다
하여 나는 누구도 명명할 수 없는 이름입니다

거울 속 웃는 얼굴이 떨어지고
노멘은 이제 없는 사람

환호하던 관객들은
실어증 걸린 늙은이처럼 말이 없다

어린 노멘*이 불을 끄고
없는 얼굴들을 하나둘 배웅한다

* 일본의 전통 음악극 '노'를 할 때 쓰는 탈(가면)이다.

목련

뒤돌아보면 없었다

이 계절의 끝에서
나는 무엇을 기다리는 걸까

유배된 두 손을 펼치면

황홀한 불화
황홀한 붕괴

노래하던 새가 목을 꺾고
부드러운 물고기가 초록 거품을 토하는
말하자면 세상이 끝나는 줄 모르는 아이처럼
목련이 떨어지는 풍경을 본다

사랑이라는 말을 발음하면
서로의 몸을 핥는 고양이

이곳에서도 나는 아름답지 못했다

성실하게 성장하고
과묵하게 작별할 수 있다면
겁 없이 사랑할 수 있을 텐데

눈을 뜨면 낯선 곳에 앉아
숲과 안개를 그려 넣는 사람아

유성이 쏟아지는 밤을 헤치고
내 어린 고양이들을 안아 주렴

딱딱하게 빛나는 고독을 씹으며
조금 더 가벼운 보폭으로

수풀을 건너고 안개를 지우며
자신의 나직한 목소리를 들려주렴

아직 갈 길이 먼 철새들이
긴 밤 지치지 않도록

아직 닿지 못한 마음이
저를 미워하지 않도록

잠든 너의 손을 잡고
보이지 않는 것을 흉내 내던 밤처럼

내일은 검은 목련이
발끝에서 희게 필 테니

산책

두 사람이 있다 한 번의 계절이 지날 때마다 무심코 자신의 얼굴을 어루만지던, 어떤 날은 요절한 이의 문장을 외우며 하루를 보내고 어떤 날은 아무 데서나 출몰하는 고독한 소녀들을 지나치면서, 두 사람은 걷는다 한 블록을 지나면 희미한 벽, 한 블록을 지나면 치솟는 어둠, 목적지도 없이 그들은 걸었다 걷다가 숨이 차면 걸음을 멈추고 서로의 호주머니에 손을 밀어 넣는다 자취만 남은 손을 어루만지며, 사라진 것들에 오래 머뭇거리면서, 조금쯤은 슬퍼도 괜찮을 거라 생각하는데, 순식간에 달아나는 자전거 바퀴가 나뭇잎을 흔들며 사라진다 발을 굴리는 아이의 젖은 티셔츠가 타임 슬립된다 여기서 정지 아니 여기서 다시 시작하자 몸에 익은 감각들은 버리고 서로가 서로를 잊은 듯이, 여자가 담배를 꺼내 무는 동안 남자는 자신의 죄를 잊었던 이름처럼 기억해 낸다 우리는 지금 어디로 가는 거지? 이 세계엔 모를수록 다정해지는 것들이 무궁무진하고, 뒤돌아보면 제자리, 마주 보면 사라지는 시간들, 그러니 다시 걸어 보자 웅덩이에 떠 있는 낙엽처럼, 천천히 죽어 가는 자신을 잊듯, 거센 바람이 옷자락을 뒤집자 한 무리의 소란한 사람들이 달아나고 있었다 두 사람은 걷는다 달아

나지 않는 게 이 산책의 유일한 생존법이라는 듯, 눈앞에는
무수히 펼쳐지는 시간들, 네가 죽는다면 나라는 사람도 울
수 있을 것 같은데, 마음이 무섭다는 생각, 발등이 부어도
끝나지 않을 것 같은 산책을 하며, 빗줄기 소리 없이 내리
친다

모래언덕슬픔

모래언덕에 누웠다

외로운 사람이라는 인형을 껴안고
슬퍼도 울지 않는 친구를 생각했다

낯선 짐승들끼리 하품을 하며
돌담을 지나 구름을 넘어
동트는 언덕을 지나

집으로 가는 길은 멀구나 사람아 짐승아 인형아 보이지
않는 것들을 생각하느라 나는 이미 늙었다

모래를 무너트려서 모래를 쌓는 슬픔

손을 잡고 산 사람 옆에 죽은 사람
죽은 사람 옆에 산 사람처럼
내 것이 아닌 심장이 고동친다

창틀에 쌓인 먼지를 닦는 손

칠이 벗겨진 벽과 여행 가방
시침 없는 시간처럼

모두들 잠들지 못하고
길고 짧은 슬픔이 되어 간다

길 잃은 양들이 돌아올 때까지
산 사람처럼 누워 죽은 사람이 되는 것

검은 새들은 먼빛을 거슬러 날아가

황혼녘의 우리는
서로의 추억을 알아보지 못한다

울지 않는 친구의 눈에서
모래알이 흘러내렸다

호문쿨루스

선인장의 꽃이 피기 전에 태어났습니다
나는 돌연변이의 성정을 띠고
아무것도 바라지 않는 자들의 긴 잠을 닮았습니다
부드러운 밤은 서두르지 않습니다
인간의 발등에 머리를 조아리며
나날의 피를 받아먹던 때를 기억합니다
나는 순수한 이성의 아이로서
기어이 후회할 것들을 알고 있습니다
나를 처음 만든 자의 기우뚱한 어깨가
잠든 나의 몸뚱이를 들여다볼 때
나는 갓 태어난 개구리의 피를 학습합니다
심드렁하게 김치찌개를 먹던 아버지와
지옥불에 다녀온 듯 늙어 버린 어머니의
애정하는 아이가 되기로 합니다
최초의 선택지는 멀었습니다
두 눈을 흡뜨고 혼몽한 사위를 둘러봅니다
왠지 이곳은 죽음보다 더 열악합니다
오역과 오류로 뒤덮인 지식인들의 소굴입니다
이유 없이 심장이 들끓는 저녁이면

대여섯 개의 알약을 복약합니다
위험한 사람은 진심인 까닭입니다
빈말이라도 고맙다는 인사를 배웁니다
학교에서 돌아오면 식탁 위엔 죽은 돼지들
입을 벌린 채 거두지 못한 모멸감을 흘리고
센스도 없이 열등한 형들은 옥상으로 달아나지만
나는 왕관을 쓰고 태어난 아이
부모님이 돌아오기 전까지 돼지의 먹을
한쪽 벽에 근사하게 걸어 두고
잠들기 전까지 그들의 유언을 받아
애정하는 청맹과니들을 그립니다
현미경으로 구토하는 형들을 연구합니다
나의 안목은 무례하지만 무구합니다
이것은 잔인하지만 죄악은 아닙니다
거울을 보며 눈꼬리를 치켜뜨면
이 집의 저녁이 불신이 우려가 굴절됩니다
시궁쥐에게라도 칭찬받고 싶은 마음입니다
나는 쥐 죽은 듯 살아야 할 존재입니다
정갈한 꿈속에서는 석류 알을 쥐고

나를 만든 그들의 머리를 내리칩니다
이건 우리들만의 비밀 연대이므로
함부로 진실을 말하고 배꼽을 보여 주면
정어리의 배처럼 세계가 갈라집니다
죽음이 소리 없이 매번 발아합니다

회전하는 불운

어제까지도 괜찮았는데

울창한
체리나무 숲에

웅크린 짐승들처럼
우리는 말이 없다

교훈으로 병든 얼굴을 버리자

배낭에 소주 두 병을
비밀 무기처럼 장전한 채

유령보다 투명한 마음으로
투명한 파도를 보는 유령처럼

해가 지기도 전에 취한 네가
내뱉는 말들을 바람에 흘려보낸다

이대로 죽어 버렸으면 좋겠어

갈라지는 나뭇잎과 스러지는 나뭇잎과
그럼에도 아무 소리 내지 않는 나뭇잎을
지그시 바라보는 동안

꿈인지 현실인지 모를
우리는 여기 남았다

현기증이 날 때까지
죽도록 뜀박질을 하면
다시 꿈처럼 취할 수 있을까

너는 배낭에서 숨겨 둔
소주 한 병을 더 꺼내고

나는 뒤돌아보았다
고요히 회전하는 불운들을

오늘만 아니라면 어디든 상관없지

지나치도록 멋진 나무와 파도를 지나
다시 지나치도록 멋진 나무 아래

한 영혼에게 개가 찾아와
가만히 우는 날처럼

바스락거리는 심장을 쥐고
우리는 더 멀리 걸었다

일기예보

　여자는 담배를 피우며 잠깐 창밖을 바라보았을 뿐인데 눈이 아닌 비가 내리고 있었고 그러다 밤늦게 눈이 온다는 예보를 기억해 내곤 그에게 메시지를 보낸다 오늘 밤에 눈이 온다는데 뭐해? 하지만 창밖엔 눈이 아닌 비가 내리고 있었고 결국 비는 물러나 숲으로 갈 것이지만 여자는 여전히 내리치는 빗줄기를 젖어 든 길목들을 보고 있을 것인데 우연으로 중첩된 신이 있다면 그리하여 문득 눈이 내리고 그가 문을 두드려 여자가 믿음의 입술을 가질 수도 있겠지만 비는 계속 내리고 여자는 다시 담뱃불을 붙였다 빗줄기는 피로하고 무연하고 모색하면서 건물 사이를 헤집어 다녔다 여자는 무언가 놓친 것 같은 기분이 들어 자꾸 창문을 여닫는데 자정은 멀었고 창틀은 이미 흥건하게 젖고 있었다 그때 문득 여자는 깨어나고 싶다는 생각이 들었던 것인데 무엇에서 깨어나고 싶은지도 모른 채 막연하게 이건 아니다라는 생각이 들 뿐이어서 그런 무지한 기분으로 일기를 쓰고 싶었는지 모른다 첫 문장은 비가 내렸다라고 썼지만 더이상은 쓸 말이 떠오르지 않아 다시금 창밖을 보았다 눈은 여전히 내리지 않았고 빈방이 빗소리로 가득 찰 때까지 여자는 비라고 썼다가 다시 눈으로 고쳐쓰기를 반복했다

여름 바다

태양이 쏟아지고 나는 길어졌다 가을은 아직 오지 않았다 겨울이 오기 전에 바다에 가자 눈발이 날리기 전에 바다에 가는 거다 터미널에서 속초행 버스를 탔다 처음 보는 푸른빛들이 파도와 뒤섞이고 있었다 저것을 파랑이라고 부르나 여름 바다와 파랑은 철없는 연인처럼 잘도 어울리는 구나 친구 하나가 맨발로 원을 그리고 우리를 밀어 넣었다 이제 선 밖으로 나오면 너희는 총살당할 거야 아, 이럴 땐 두 손을 들고 겁먹은 표정을 지어야지 마지막으로 떠올릴 얼굴도 없이, 그저 무심하게, 가장 연약한 자들의 파멸이 파도 속으로 쓸려가도록, 파도는 내내 활기차게 넘실거린다 죽음이 원 밖에서 상반신을 벗은 소년처럼 장난치고 있었다 이제 우리는 허둥대지 않고 죽을 준비가 되었구나 가을은 아직 오지 않았고 겨울이 오기 전에 아무 때고 사건은 시작될 테지만, 시시각각 우리는 체면도 없이 살아남은 전적을 가졌다 오래전 눈부신 태양 아래 갇힌 자들을 본다 영원을 시도하려 할수록 자신의 영역은 점점 사라진다 깨금발을 들고 영역을 사수하는 자들, 비명을 지를수록 허기지는 사람들, 저녁 메뉴는 뭘로 정할까 길어진 그림자가 젖는다 원의 가장자리가 지워지고 있었다 우리도 서서히 보이지 않았다

Sana, sana, colita de rana*

비극 뒤에 도사린 희극이었다
누구도 원망하지 않는 사람이 되고자
운명론자들의 기침을 찾아 듣는 밤

피를 좀 흘린다고 죽지는 않아
지겨운 내 그림자가 가지 밑으로 휘어질 뿐

정해진 레버를 돌리듯 낮과 밤이
사람이 짐승이 곤충이 꼬리에 꼬리를 물고
이 길의 끝에는 또다시 죽어 가는 마음이

나는 가까스로 사람이 되었지만
사람이 짐승이 되는 일도 허다하니까

정이 많은 마녀의 손끝에서
세상에 없을 약효를 맹신하듯이

한 번도 믿은 적 없던 일들이
꽃과 계절이 되는 일도 있지

그런 일은 누구에게 일어나는가

절반의 기억과 절반의 망각을
손안에서 가꾸는 사람

메마른 목성의 고리가 짙어지고
어리광쟁이들의 웃음이 말랑해진다

너의 손끝은 참 부드럽다

밤이 질 때까지 울어도 될 것 같다

---

* '빨리빨리 나아라, 개구리 꼬리'라는 뜻. 라틴아메리카의 동요로 아이가
  다쳤을 때 상처를 문지르며 불러 준다.

4부
여기 가장 둥근 빛 하나가

연필점

연필이 굴러간다. 이제 얼굴을 맞대고 운수를 말하자. 그림자와 그림자가 음모를 꾸미듯 작고 낮은 목소리로, 불길한 점괘가 나올 때마다 우리는 손가락을 걸었다. 언니, 여기는 이상한 일투성이야. 사방이 유리로 만들어진 시간 안에서, 희고 붉은 물고기들이 자신을 헤엄친다. 기이한 어둠만이 여섯 가지 빛을 가지고 노는 세계. 이건 믿음일까 신앙일까. 입을 뻐끔거릴 때마다 작고 검은 열매가 흔들린다. 매일 밤 사라진 것들의 이름을 말하면 싱싱한 현기증이 몰려왔다. 수초를 움켜쥔 입술에 대해, 시시때때로 천장을 뚫고 길어지는 나무에 대해, 물기 어린 심장은 무엇을 말할 수 있을까. 눈을 뜨면 바람도 없이 지느러미가 떨어져 나간다. 아무리 발버둥 쳐도 지금을 벗어날 수 없다면 나무와 물고기에게도 내일이란 것이 있을까. 검고 미지근한 수면 위로 온 적 없는 미래를 불어넣는다. 뒤섞이며 썩어 가는 마음들. 흰 양말을 신고 이끼 위를 걷듯이 연필이 굴러간다. 바닥에서 바닥으로 반복되는 운명들. 오늘도 우리를 찾아오는 사람은 없구나. 정오의 나무 아래 작고 검은 열매가 자라고, 밤이면 희고 붉은 물고기들의 사체가 흔들리는 곳. 누군가 문을 두드릴 때까지 다시 연필을 굴리자. 불길한 점

괘가 잊히도록, 굴리면 굴릴수록 희미해져 가는 운명들. 또
다시 아침이 올 때까지 우리는 서로를 해석한다.

섬망

나는 그 계절에 죽었다

거실에서 고양이들이 나의 손을 핥고 있을 때에도 아래
층에서는 아이를 꾸짖는 소리가 벽을 타고 올라왔다 아이
의 서러운 울음소리가 장판 무늬를 지우며 흥건해진다 이
제 이 집의 울음은 누가 닦을 것인가

죽음이 거짓이라면
실은 내가 창틀에 쌓인 먼지를 닦으며
창밖의 소음을 듣고 있다면 잠시
눈 깜빡할 새 번쩍이던 흰빛이
오늘의 날짜를 지워 버린 것이라면

한때 사랑했던 사람은 발길을 끊었고 친구들도 저들의
보금자리에서 연인과 다정하게 저녁 메뉴를 고르고 있다
그들은 돌아보지 않는다 이건 참으로 인간적인 일들이다

더운 입김의 말들은 여전히 창을 데우고
장롱에는 계절에 걸맞는 옷들이 정리되어 있는데

125

이미 도착했다는 말, 아무것도 될 수 없다는 말

얼마 전 요절한 시인의 일주기에
사람들이 모여 시를 읽고 추모식을 열었다
그렇게 죽어도 사라지지 않는 사람들이 있다
세계도 없이 우주도 없이

나의 책장에는
나를 추방하고도 나를 모르는 사람들이
냉장고에는 아직 개봉하지 못한 즉석조리 식품들이
순진무구한 생활의 연대를 이어 가고

아침이면 어제의 음식을 데우고
식탁에 앉아 얼룩이 튄 그릇들을 바라본다
얼룩은 쉽게 지워지지 않는다
세계가 없어 우주가 없어

수도꼭지에서 떨어지는 물방울을
쉬이 잠들지 않는 양처럼 세어 보며

경이로운 피와 살의 서사도 없이
내가 모르는 것들이 나를 부른다

나는 안개 낀 숲속에서
누군가의 잠을 쫓는 중이다

그곳에는 가장 무모하고 아름다운 시간이
자비도 없이 널브러져 있다

이미 죽은 것과 이미 없는 것들이
기억의 회로판 위를 걸으며
빈 조각들을 호주머니에 쓸어 담는다

포르말린 향이 나는 빛

무단의 아름다움에 도사리는 광증

그가 존재하는 건 이 망상 속에서다

건반을 누르면 형체 없는 물결이 밀려온다

하나의 음에서 반쪽 인간으로 수십 마리의 들개에게

서성인다 자신의 추방을 위해 비탄에 잠긴

잠 속으로 출구 없는 병으로 열띤 죽음으로 한 발

한 발 목마름, 누군가 도사림을 찾는다

한 모금 목을 축이고 돌아서는 자의

낮이다 버틸 수 없을 만큼 지독한 낮이다

지연된 꿈을 유서처럼 준비하는 자의 환희

떨어지는 잎사귀에 새들이 사라진다

그는 어떤 변명도 찾지 못했다

시시때때로 달라지는 빛에 대해

그 빛이 전속력으로 달려가는 어둠에 대하여

적막으로 반죽한 건반 위에 손을 얹으면

포르말린 향이 나는 빛을 본다

눈을 가리면 흩어지는 손가락

그는 슬픔도 없이 무럭무럭 자라서

어떤 그림자와도 몸을 섞을 수 있다

오후와 저녁

담벼락에 숨어 앉아
머리카락을 뽑으며 놀았다

이것은 내가 처음 배운 위로

버찌나무 아래 누워
자신의 기이한 미래를
예감처럼 보는 아이들

오후에는 지하상가 계단에 앉아
스피커에서 흘러나오는 유행가를 들었다

한 줌의 흙을 입에 넣고 부르는 노래는
무덤처럼 따뜻할까

저녁의 한가운데
모르는 대문 앞에 머물다
저녁보다 먼저 저문 마음을 두고 왔다

몇 년 만에 눈이 내렸다
장갑을 버리고 귀를 막으면
누구도 나를 찾지 않아 괜찮았다

언 담벼락을 돌아가는 개가 있다

몸이 찬 사람들이
서둘러 집으로 돌아가고 있었다

개가 얼어 죽는데
아무도 울지 않았다

까마귀를 훔친 아이

눈앞의 검은 빛을 본다

먼 데서 오는 음악에 맞춰
자신의 눈을 가린 채로 춤추는 아이

아이의 꿈은 댄서였다
어둠 속에서 하나의 빛을 향해
솟구치고 전진하는

대화가 없는 여름이었다
아이는 난간에 상체를 내밀고
낡은 회벽처럼 말라 간다

붉은빛을 부리에 물고
전신의 밤을 춤추는 실루엣

죽도록 아름답다는 건
구분되지 않는 우리를 말하는 걸까

두 팔을 벌리면 까만 눈알을 굴리며
부풀어 오르는 미궁

너를 사랑해서 훔쳤어
그건 내 죄가 아니야
빛의 실수일 뿐

밤마다 머리맡에 앉은 그림자가
잠든 아이의 멱를 쪼아 댄다

핏빛 어둠이 선명해질수록
제자리에서 몸짓 하나가 생겨났다
한 번도 본 적 없는 춤이었다

죄를 지은 여름이었다
풍경이 사라진 여름이었다

먼 데서 오는 음악만이 남아
아이를 춤추고 있었다

어미의 정원

장미의 잔영을 이고
어미에게 온다고 했잖아
5월의 푸르고 거친 정신으로

관절이 꺾이고 뼈가 부서져도
젖 냄새가 나는 곳을 찾아

주일이면 기도문을 외웠다
꽃과 새와 나무들을 미워하지 않도록

조각난 현실
불길한 몽상

사람과 짐승 사이
어둠만이 눈꺼풀을 집어삼킬 때

그 붉은 살갗에서
속절없이 아름다운 통증이 태어난다

야윈 꽃들의 거처에서
마지막 기도는 처음처럼 죽는 것

두 눈을 질끈 감고,
멀리 두고 왔다고 했다
구슬픈 자장가가 들리지 않을 때까지

구름인지 바람인지 모를
허공 속에서 빈 두 팔을 휘저으며

아이는 어미의 연민으로
태어나고 죽어 간다

정원에는 무덤 두 기

나는 혼자 울던 아이를 사랑하던
지독한 목숨이었다

오키나와 타카요시

　나는 사람입니다. 늦은 저녁 집에 돌아와 손을 씻는 나는 파일럿입니다. 나의 집에는 TV가 없습니다. 가구가 없습니다. 오직 움직이는 것은 늙은 짐승 하나. 이곳은 적막합니다. 도처에 텅 빈 공기가 발끝을 따라 움직입니다. 나의 집은 오키나와 아라하 해변 맞은편에 있습니다. 저녁이면 관광객들이 캐리어를 끌며 느리게 지나가는 것을 봅니다. 가끔 과월호 잡지를 넘겨 보며 맥주를 마십니다. 누구도 초인종을 누르지 않지만 나는 있습니다. 나를 모르듯이 기다립니다. 끼니를 거릅니다. 허기에 지치면 두 팔로 아령을 듭니다. 아직은 괜찮습니다. 호흡이 가능합니다. 귀를 기울이면 나는 생각보다 가까이에 있습니다. 거울을 지나 테이블을 지나 내가 보입니다. 지금 자신을 벌하는 사람은 나입니까. 불가능한 것은 나 자신입니까. 샤워를 합니다. 세탁기를 돌립니다. 오키나와 전통음악을 들으며 청소를 하고 먼지를 텁니다. 할 일이 없으면 아이스크림을 먹습니다. 달콤하고 부드러운 것을 삼키면 누군가 한참을 서성일 것만 같습니다. 현관 쪽으로 걸어갑니다. 어떤 소리도 들리지 않습니다. 현관을 바라보는 나는 사람입니까. 아니, 이건 착각입니다. 당신들의 오해입니다. 나의 천성입니다. 어쩌지 못한 밤이 이 집을 가득 메우고 검은 구름이 방 안까지 흘러들도록 나는 먼 곳을 바라봅니다. 누군가 내 이름을 묻기 전까지 나는 오키나와 타카요시가 아닙니다.

어두워질 때까지 거대한 돼지는 울었다

자귀나무 아래 나를
사탄의 자식이라 불러도 좋아
마음과는 상관없이 밤이 오고
꽃을 뽑고 삽을 심던 나날들
우리는 같은 어미에서 태어났으니
핏줄이 당길 줄 알았다
바닥에 흘러내린 머리칼을 줍는 저녁
슬픔과 조롱은 실타래처럼 엉키고
운명은 어디까지 싱싱해질 수 있을까
심판은 혹한의 밤
갈 곳을 잃은 비렁뱅이의 것
저 강을 건너기 전에
오늘에 대해 말해 줄 수 있어?
적도의 하늘에는 붉은 별들이
곧 떨어질 목숨처럼 매달려 있고
우리는 기도를 할 때에도
최후의 세상을 말하고 있어
동시다발적으로 수장될 것들을 세면서
불완전한 마음의 유령

불완전한 육체의 귀신

그게 나야 황량한 들판의 개 한 마리

마지막까지 하늘은 무너지지 않고

모두 재처럼 하얗게 타락해 가는 것을

어두워질 때까지 거대한 돼지는 울고

우리는 그 밑에 깔려 멋진 황혼을 보겠지

이번 생의 음악은 끝났어

판타지처럼 겁먹고 우쭐대다가

현관문을 열면 교수대가 서 있는

불모의 시작이야

블라디의 끝

아침에는 죽은 새를 보았다. 상처 없이 두 다리를 뻗은 새. 구름의 속도는 시간보다 빨랐다. 우리는 바다가 보이는 숙소에서 버릇처럼 해 왔던 고백을 유언처럼 번복한다. 숙소는 에크바토르였다. 에크바토르는 적도라는 뜻이야. 그럼 우린 적도의 이방인들인가. 2층 연회장에는 중년의 부인들이 화려한 천으로 자신의 슬픔을 감추었지만, 무거운 굽 소리에는 기대할 것 없는 밤의 지루한 기쁨이 묻어 나왔다. 오후에는 지붕을 수선하는 인부들의 지친 허리와 바다를 거니는 코끼리를 보았다. 길 잃은 바다사자를 보았다. 파도조차 없는 바다는 자주 언다고 했다. 그건 중요한 문제였다. 파도가 없는 바다는 부고 없는 죽음보다 상상하기 어려웠으니까. 오후가 지겨울 땐 신호등이 없는 거리를 오래 걸었다. 아르바트 거리에는 무표정한 얼굴의 마트료시카가 진열되어 있다. 겹겹의 표정을 만지면 사랑하지 않는 먼 곳의 사람들이 떠올랐다. 사라질 듯 사라지지 않는 초침의 시간들처럼. 모든 것이 흩어진 줄 알았는데 다시 제자리인 것처럼. 담뱃가게 앞에는 키 큰 나무들이 한랭한 바람에 멀어졌다. 바람이 기우는 쪽으로 사람들은 스카프를 동여 맸다. 마음이 서늘했나. 서늘해서 사위가 어두웠나. 누구도 얼굴이 검붉은 동양인에게 말을 걸지 않는 곳. 점심에는 펠메니를 먹었고 저녁이면 곰새우를 먹었다. 케밥과 진라면을 먹었다. 라디에이터를 틀고 아직 가 보지 못한 이국의 이름들을 불러 보았다. 불현듯 비가 올 것 같아. 불현듯 눈이 와도 좋겠네. 우리는 실패한 부랑아처럼 오래 취하기로 한다. 신에게 기댈 수 없다면 신을 버리는 마음으로. 허공을 떠돌던 간절한 입술이 누군가를 불렀지만 우리는 돌아보지 않았다. 여행이 끝나 가는지도 몰랐다. 9월의 유령들이 끝내 하지 못한 말들을 꿈속으로 밀어 넣으면 이불 밖으로 자꾸만 발이 나왔다. 그런 말들이 알아들을 수 없는 이국의 언어처럼 가슴을 찔러 두 눈을 찔끔 감았다.

검푸른 미아들

애석하게도
나는 긴 목을 가졌다

어제는 어디를 쏘다니고 있었니

나무가 뒤흔들리고
검은 구름이 사나워지면
누군가는 태어날 준비를 한다

제 어미를 본 적 있습니까
매일 술에 취해 자신의 아이도 알아보지 못하던

밤이면 입을 벌리고
침몰한 뒤통수를 꺼내어 들던
당신의 집을 찾아 대낮처럼 헤매었는데

태어날수록
자꾸만 목이 길어졌다

아들아. 한눈팔지 말아라

이 정교하게 만들어진 세계에서
오직 기도만을 위해 우는 사람들처럼
믿음을 버리면 의심도 사라질 테니

출렁이는 밤이 지나면
창문을 열고 사라지는 어미들

찰나와 영원 중에 누가 더 힘이 센가요

낮게 드리워진 빛
청동으로 만들어진 운명에
어린 짐승들의 한숨이 길어지고

머리가 뜨거워서 잠을 잘 수 없어

돌풍이 부는 눈꺼풀 아래
밤을 깨우고 꿈은 잠드는 시절

죽은 나무들이 부풀어도
입덧하던 어미는 돌아오지 않고

심장 없는 구멍 속으로
슬픔이 가려움처럼 남은 머리를 들이밀면

젖은 창문을 지우고
검푸른 미아들이 태어났다

reflection

빛 속에 일렁이는 얼굴

우리는 이 지옥 안에서 사랑에 휘말린다

수면 사이로 너를 바라보는 동안

무지개색 모자가 떠내려간다

저걸 잡아서 네게 건네주고 싶은데

나의 손에는 물갈퀴가 여러 개

축축하게 빛나는 것들이 햇빛 사이로 형체를 감춘다

추억을 완성하지 못한 자들의 봄이 오는 거라고

물결에 감긴 몸을 벗어던지면

한 사람의 입에서 그림자가 흘러나온다

번지는 그것을 안고 돌아와 잠들던 밤

잠에서 깨면 축축한 이불 속에서

가져 본 적 없는 발목을 잃어버린 기분

그렇게 희미한 기억들이

우리에게서 선명하게 멀어진다

오래 투시하면 사라지는 것들

초점 잃은 얼굴이 바람에 굴절된다

한 손을 내밀면 어긋나는 두 손이 있다

점점 작아지는 나를 만져 봐

나는 세상에서 멸종될 기억

지구도 없이 먼 곳으로 떠다니는 공기처럼

파동 치던 머리칼이 물결이 된다

우리는 우리가 없는 장소로 향한다

나는 이제 하나의 상에 지나지 않는다

모르는 얼굴 하나가 무심히 가라앉는다

한 아이가 한 아이를 지우며

　다섯 그루의 나무가 서 있다 뒤돌아보면 작은 중얼거림, 너는 어느새 아이의 모습이다 숨겨진 세계의 문을 열듯 첫 번째 나무에서 두 번째 나무로 세 번째 나무를 지우고 네 번째 나무 틈새로 너는 발랄하게 장단을 맞추며 걷는다 그렇게 걷는 사람 뒤에 허공을 더듬는 내가 있다 아무것도 아닌 것처럼 처음부터 없던 사람처럼

　다섯 그루의 나무 앞에는 강물이 흐른다 물결은 묻지 않아도 돌아오는 대답처럼 반복된다 나는 너보다 훌쩍 성장한 그림자를 보고 있다 끊임없이 춤추는 걸음 속으로 늙은 내가 등을 구부리고 들어간다 그곳은 모든 인기척을 지우는 낮고 낮은 곳, 나는 몸을 뉘고 네게 묻는다 언제까지 어린애처럼 이 짓을 할 생각이지? 너는 나무 사이를 몰두한다 콧등에 맺힌 땀방울이 흔들린다

　뱀처럼 까만 눈으로 강물을 바라본다 이 세상은 너무 모호해서 네가 나무를 닮아 가는지 나무가 너를 닮아 가는지 모르겠어 바람이 숨길 수 없는 입속말처럼 번지고 강물 소리는 이내 귓바퀴를 어루만진다 나는 더 늙을 수 없

는 몸으로 강 위를 떠내려가고 있었다 무슨 꿈을 꾸는데
그렇게 슬픈 얼굴이야 수평선 너머로 흘러가는 그림자들,
나무와 나무를 오가며 너는 무엇이 되고 싶었을까 허공에
는 붉고 완연한 잎사귀, 사이로 손닿지 않는 빛무리들, 다
섯 그루의 나무 사이로 한 아이가 걷고 있다 한 아이가 한
아이를 지우며 10월이 가고 있었다

유리병에 담긴 사랑의 파이

조재룡(문학평론가)

내게 말해다오, 사랑이여, 내가 말할 수 없는 것을
이 짧고 몸서리치는 시간을,
그저 생각과 교류하며 오로지
사랑이 아닌 것만 알며 사랑이 아닌 것만 행해야 하는가?
── 잉게보르크 바흐만*

마음, 비애와 초초를 돌보는

박은정의 두 번째 시집 『밤과 꿈의 뉘앙스』에는 정의되지 않는 마음이 분주히 돌아다닌다. 한편으로 "모래알처럼 사소하여/ 작은 과오도 놓치지 않는 짐승"(「라니아케아」)과도 같고, "부르지 않아도 달려가 흔드는 꼬리 같은"(「위험한 마음」) 마음, 다른 한편으로 "뒤섞이며 썩어 가는 마음들"(「연필점」)과 저 "길의 끝"에서 "또다시 죽어 가는 마음"(「Sana, sana, colita de rana」)으로, 시인은 손에 만져지지 않

---

* 「내게 말해다오, 사랑이여」, 김재혁 옮김, 『추락하는 것은 날개가 있다』
(자연사랑, 1999), 55쪽.

는 것을 촉지하고, 눈에 보이지 않는 것 너머를 보려 하며, 귀를 기울여도 좀처럼 들리지 않는 것들에 구멍을 내고 거기서 흘러나오는 것, 그 컴컴한 목소리를 기록한다. 마음이 문자의 외투를 입기 시작하면, 평범한 문장은 감정을 머금고 비상한 비유로 변화하고, 눈앞에 펼쳐진 생생한 화면처럼, 허공에 드리운 기묘한 장면처럼, 삶이 두터운 겹을 가지면서 촘촘히 백지 위로 내리꽂힌다. 밑바닥까지 하강하다가 구심력을 갖고서 겹겹의 문장이 차올라 오면, 우리는 온통 어둠의 감정을 뒤집어쓰고 하루를 살다가 마침내 하루를 지워 낸 이상한 시간 속으로 시인을 따라 입사하면서 마침내, 입을 달고야 만 "저녁보다 먼저 저문 마음"(「오후와 저녁」)이 토해 내는 발화의 행렬에 동참하고 있는 자신을 발견하게 된다.

누가 더 길어졌나 내기를 하면
누구도 한 뼘에서 더 자라지 못하던

세상에는 구름 한 조각
잠깐의 빗소리와 길어진 그림자들
                                        ——「한 뼘의 경희」에서

두 사람이 있다 한 번의 계절이 지날 때마다 무심코 자신의 얼굴을 어루만지던, 어떤 날은 요절한 이의 문장을 외우며 하루를 보내고 어떤 날은 아무 데서나 출몰하는 고독한 소녀들을 지나치면서, 두 사람은 걷는다 (……) 여기서 정지 아니 여기서 다시 시작하자 몸에 익은 감각들은 버리고 서로가 서로를 잊은 듯이, 여자가 담배를 꺼내 무는 동안 남자는 자신의 죄를 잊었던 이름처럼 기억해 낸다 우리는 지금 어디로 가는 거지? 이 세계엔 모를수록 다정해지는 것들이 무궁무진하고, 뒤돌아보면 제자리, 마주 보면 사라지는 시간들, 그러니 다시 걸어 보자 웅덩이에 떠 있는 낙엽처럼, 천천히 죽어 가는 자신을 잊듯, 거센 바람이 옷자락을 뒤집자 한 무리의 소란한 사람들이 달아나고 있었다

—「산책」에서

마음은 그러니까 특수한 통사처럼 겹을 갖는다. "세상에는"은 너와 내가 "더 자라지 못하던" 곳이면서 "구름 한 조각/ 잠깐의 빗소리와 길어진 그림자"가 내려앉는 곳이기하다. 이렇게 "세상에는"은 그 앞과 뒤를 하나로 비끄러매며, 기묘한 여운을 만들어 내고, 이 여운은 "아직 닿지 못한 마음"(「목련」)과 "어둠을 부르는 마음"(「춤추는 도마뱀의 리듬」)의 중간 어디쯤 놓인다. 전과 후를 공유하는 행갈이를 통해, 공집합과도 같은 마음의 형태가 빚어지고 만다. 그리하여 자라나지 못하는 것들은 이중의 마음을 이 세상과 나누어 갖게 된다. "두 사람"을 수식하는 동시에 "어떤 날"의 양태를 설명하는, 이 둘의 중간에 놓인 "한 번의 계절이 지

날 때마다 무심코 자신의 얼굴을 어루만지던,"은 마지막 쉼표가 매조지며 걷어올린 리듬에 힘입어, 두 배의 감정을 입히고, 그렇게 나와 너의 구분을 무효화한다. "몸에 익은 감각들은 버리고 서로가 서로를 잊은 듯이,"도 마음의 복화술사이기는 마찬가지인데, 이는 중간에 놓인 이 구절이 바로 앞의 "다시 시작하자"의 구체적인 내용을 이루는 동시에 담배 하나를 꺼내 무는 여자의 행위("여자가 담배를 꺼내 무는 동안")에도 아련한 직유로 활용되고 있기 때문이다. 쉼표는 이렇게 마음의 표지, 이중적 발화의 지표이며, 이러한 리듬에 따라 시를 읽다 보면 우리는 "다시 걸어 보자"와 "거센 바람이 옷자락을 뒤집자" 사이의 "웅덩이에 떠 있는 낙엽처럼,"을 마주하고, 이어서 "두 사람은 걷는다"와 "눈앞에는 무수히 펼쳐지는 시간들"을 가르는 "달아나지 않는 게 이 산책의 유일한 생존법이라는 듯,"을 만나게 된다. 하나 이상의 구문을 동시에 수식하며, 마음의 감각을 겹으로 발화하는 데 소용되는 이와 같은 시의 리듬은 "모를수록 다정해지는 것들"과 "마주 보면 사라지는 시간들"을 하나로 비끄러매면서, "두 사람"의 산책, 아슬아슬하게 비틀거리는 산책, 그 산책 속에서 "천천히 죽어 가는 자신"의 운명을 미리 예고하고, 두 사람이 행하는 이 산책의 일시성을 예감하는 마음의 징후를 빚어낸다.

이곳에 남은 것은 지치고 늙은 성정뿐

동전을 하나씩 흘리며 자신의 주머니를 털어 내는 동안
마음은 언제 헐릴지 모를 곳을 지난다

저 문을 열면 괘종시계가 있고 식탁이 있고
지금 여기에 없는 당신의 방이 있지

내가 죽으면 박제를 해 줘 슬픔도 기쁨도 없이 당신의 방에
서 정적만을 먹고 살찌도록

낮과 밤을 잊고 헤매던 목소리와 담벼락에 얼굴을 묻고 울
던 목소리, 기다리던 인기척에 지친 목소리들이 수신자 없는
안부를 전송한다

사람들이 손을 흔든다 떠나지 못하는 자들과 돌아오지 않
는 자들 사이에서, 겨울은 지겹도록 계속되었다

— 「수색(水色)」에서

"적막으로 반죽한 건반 위에 손을 얹"(「포르말린 향이 나
는 빛」)는 것처럼, 알아채지 못하는 사이, 잠식된 마음이 낱
말을 물고, 구절을 오물거리며, 문장을 뱉어 내기 시작한다.
"언제 헐릴지 모를 곳"을 지나는 마음은 그러나 슬픔도, 우
울도, 비애도, 절망도 아니다. 차라리 깊이 파먹고 또 깊이
파먹히는 마음이며, 이 마음은 "슬픔도 기쁨도 없이 당신

의 방에서 정적만을 먹고" 살아가면서, 그 방의 벽에 붙박인 박제가 되고자 하는 목소리를 흘려보낸다. 당신을 제외하면 "그 무엇도 남지 않은 마음"(「형혹수심」)은 "지금 여기에 없는 당신의 방"을 바라보게 하는 사랑이기도 하다. 이 마음은 차라리 사랑의 마음, 사랑과 다르지 않은 마음이다. 이 마음, 이 사랑에는, 그러나 주인이 없다. 오히려 마음을 조금 더 빼앗긴 자에게는 형벌이 되고 마는 사랑이라면 모를까. 한 사람이, 그를 마주한, 그와 함께한 다른 이의 목을 언젠가 내리칠 때까지, 이상하게 되풀이되고야 마는 사랑은 도대체 무엇인가.

사랑, 제로가 존재한다는 사실을 확인하는

사랑이 '둘의 사건'이라고 했던가. 그러나 너와 나, 이 둘의 교집합은 어느 순간 속에서 급속히 휘발될 뿐, 영원에 붙들리지도, 구체적인 시간을 갖지도 못한다. 애초에 존재하지 않기라도 했다는 듯이, 미래라는 시간 위에서 재빨리 무용지물이 되고 만다는 점에서, 나에게 사랑은 차라리 공집합과 다르지 않다고 해야 할지도 모른다. 사랑은 그러니까 너와 나의 부분을 이루지만, 너와 나라는 실체를 갖는 것이 아니며, 그렇게 너와 나의 제로가 존재한다는 사실을 확인하는 과정 속에 편입된 무엇일 뿐이다. "산 사람의 이

름에 붉은 줄을 그으며", "물이 마르고 있"는, 그러니까 피
와 같은 눈물이 흘러내리는 동시에 휘발되는 순간의 사랑,
이 순간으로 시간마저 삼키고야 마는 이 사랑은, 평등도,
자비도, 연민도 알지 못한다. 지속도, 연속도, 안정도 시간
도 갖지 못하는 사랑이 "떠나지 못하는 자들과 돌아오지
않는 자들 사이"에 고여 들고, 할 수 없는 것과 이룰 수 없
는 것의 틈바구니 속에서 떠돌아다닐 뿐, 자주 순간에 매
달려 대롱거리고, 시곗바늘에 무거운 추를 달아 놓으며, 유
보했던 순간 막 손아귀에 잡은 것이나 다름이 없던 거짓의
가면을 쓰고서 허공을 둥둥 떠다닐 뿐이다.

　　이곳에서도 나는 아름답지 못했다

　　성실하게 성장하고
　　과묵하게 작별할 수 있다면
　　겁 없이 사랑할 수 있을 텐데

　　눈을 뜨면 낯선 곳에 앉아
　　숲과 안개를 그려 넣는 사람아

　　(……)

　　아직 낳지 못한 마음이

저를 미워하지 않도록

잠든 너의 손을 잡고
보이지 않는 것을 흉내 내던 밤처럼

—「목련」에서

비극 뒤에 도사린 희극이었다
누구도 원망하지 않는 사람이 되고자
운명론자들의 기침을 찾아 듣는 밤

피를 좀 흘린다고 죽지는 않아
지겨운 내 그림자가 가지 밑으로 휘어질 뿐

정해진 레버를 돌리듯 낮과 밤이
사람이 짐승이 곤충이 꼬리에 꼬리를 물고
이 길의 끝에는 또다시 죽어 가는 마음이

나는 가까스로 사람이 되었지만
사람이 짐승이 되는 일도 허다하니까

정이 많은 마녀의 손끝에서
세상에 없을 약효를 맹신하듯이

한 번도 믿은 적 없던 일들이

꽃과 계절이 되는 일도 있지

그런 일은 누구에게 일어나는가

　　　　　　　　　—「Sana, sana, colita de rana」에서

사랑을 다시 말하기엔 늙었고

이별을 다시 말하기엔 지쳤기에

모르는 사람처럼 각자의 신발을 신고

다시없을 다음을 기약하도록

창밖엔 구름 웅덩이

불 꺼진 방엔 모스부호처럼 떠도는 말들

　　　　　　　　　　　　　—「302호」에서

　　그것이 설사 옳다고 해도, 내가 갖고 있지 못한 것을 타
인에게서 목도하고서 그걸 훔치려는 마음은 아니었다. 황당
무계하지만, 그러나 현실 저 너머로 한없이 뻗어 나가는 사
랑, 그것은 오로지 "잠든 너의 손을 잡고/ 보이지 않는 것
을 흉내 내던 밤"일 때만, 오로지 그럴 때만 가능한 사랑,
그러니까 보는 게 불가능한, 무형의 사랑이다. "눈을 뜨면
낯선 곳에 앉아/ 숲과 안개를 그려 넣는 사람"에게, 사랑이

란 이름으로 타인이 빚어내는 시혜와 베풂, 돌봄과 나눔은, 자아라는 중심을 이탈하여 타자를 감싸고 너에게도 침투하는 형태일 수밖에 없다. 시인에게는 이런 것들이 반드시 대가를 치러야 하는 사랑의 '잉여'처럼 주어질 뿐이다. 그러니까 사랑은 항상 거울을 들고서 자기 얼굴을 보며, "다시없을 다음을 기약"하는 헛됨을 스스로 고지하는, 저 지킬 수 없는 맹세를 통해서만 충만해지고, "세상에 없을 약효를 맹신"해야 하는, 오로지 그것밖에 할 수 있는 게 없을 때, 오직 그럴 수밖에 없을 때, 필패를 알고도 "물컹한 주사위"(「겨울의 펠리컨」)를 던지며 거는 내기이며, "한 번도 믿은 적 없던 일"에 저당잡히는, 그러니까 맹목으로 쌓아올린 진리이자 "무심코 끄적인 낙서의 진심 같은 것"(「백치」)의 형태로만 존재할 뿐이다. 이 백치의 사랑은 항상 너에게 반사되고 바로 그만큼만 내가 내 자신을 비어 갈 때 찾아오는 사랑, 때론 훔쳐보고, 억누르고, 자주 숨기고 도망가고, 빈번히 골방에서 골몰하며 고개를 이리저리 가로저을 때, 바로 그럴 때만 할 수 있는 사랑이기도 하다. 사랑은 이와 같은 속성, 그러니까 항상 부족해야만 하는 특성을 기반으로 삼을 때만 가까스로 제 이름을 갖는다. "모르는 사람"처럼, 저 부정으로 사랑의 대상을 명명하는 내 방에는 "운명론자들의 기침"이 포기와 체념의 얼룩이 되어 사방을 떠돈다. 사랑은 희망을 몇 겹으로 새겨 넣은 문자를 발명하기도 한다. 그러나 이 "모스부호"는 해독판을 잃어버린 채

"불 꺼진 방"에서 나만 아는 암호로 되어 있어 그에게 당도하지 못할 뿐만 아니라 당도한다 해도 해독할 수가 없다. 간혹 연기처럼 흩어지고야 말 빈방의 시간과 골몰한 나의 생각이 "정해진 레버를 돌리듯" 결핍과 과잉을 연결지으며 없는 것과 있는 것, 그와 나의 부재를 잇고 둘 사이에 모종의 길을 터 보려 시도하기도 한다. 그런데 그렇게 난 길은 길도 아니다. "끝나지 않는 실패"(「불황의 춤」)처럼, 비극이, 사랑이, "처음부터 없었다는 듯이"(「302호」), 돌아나올 출구 없는 일방통행로에서 아우성을 치고 있기 때문이다.

사랑, '여전히'와 '아직도'에서 실패하고 마는

사랑은, '여전히'와 '아직도' 사이에서, 거부할 수 없듯, 매번 제자리로 되돌아오는 반복과 이 반복의 관성을 토대로 전개된다. 짓고 헐고 다시 세우고 또다시 부수는 순서와 절차는 블랙홀 속으로 숱한 시간을 삼키며 진행되는 절망의 순간들로 가득하고, 시는 바로 이 굴레 속으로 들어가 그 순간과 나날에 숨결을 불어넣는 일을 잊지 않는다.

너를 보네 이 허망한 밤처럼
우물쭈물하는 취객들 뒤에 숨어
지난밤의 순례와 지지난밤의 진창 속에서

울먹이며 기도하는 신을 향해

너는 지치지도 않는 짐승이 되어

풀어진 목줄을 휘날리고 있네

(……)

어쩔 수 없는 밤이 우리를 갉아먹도록

오, 놀라운 평화의 밤이로다

누구도 꿈꾸지 않는 공백의 밤이로다

한숨과 불면에 겁먹은 사람들이

작은 선의에도 피가 마르고 있네

아랫입술이 윗입술에게 말문이 막히는 지경으로

쓰레기통 옆에서 잠든 사람들과

걷어차인 술병들이 소란스럽네

너의 머릿속에는 쇄빙선 지나가는 소리

무엇을 위해 이곳을 떠돌고 있나

이제는 구제불능의 고개를 흔들며

더없이 슬프고 이상한 밤에는

두 다리를 떨던 사람들이

허공의 십자가를 향해 전진하네

너는 사라지지 않고 도모하지 않고

쏟아지는 고양이들의 울음과

날카로운 경적음 속으로 달아나네

식은땀을 흘리며 리어카를 끄는

자욱한 빛이 네 얼굴을 스칠 때

우리의 가슴은 푸르른 멍을 쥐고

—「미광의 밤은 푸르렀네」에서

감당할 수 없는 밤을
아무 일 없는 듯이 지나며

어제도 오늘도
너를 아끼고 너를 만진다
그건 내가 하는 일이 아니다
내가 모르게 하는 일도 아니다

(……)

사라지려는 순간을 어루만지듯
흐릿한 피사체인 너를 만진다
그건 내가 하는 일이다
나도 모르게 하는 일이다

—「몸주」에서

　술잔을 가득 채운다. "사방이 유리로 만들어진 시간"(「연필점」)을 담은 잔을 기울인다. 사랑은 "지난밤의 순례와 지지난밤의 진창"을 지나 며칠 동안, 취기를 가득 머금는다. "누구도 꿈꾸지 않는 공백의 밤"이 "걷어차인 술병들"이 내는 소리와 더불어, "지치지도 않는 짐승이 되어/ 풀어진 목줄"을 휘날리며, 기어이 사랑을 불러내고, 이내 활활 태운다. 내가 나에게 하는 말과 너를 기술하는 말, 이 둘이 유리병이 비워지는 만큼 쉴새없이 교차한다. 가령, 쇄빙선이 지나가는 소리를 머릿속에서 듣는 건 '나'다. 이렇게 '너'는 '나'다. 그러나 "사라지지 않고 도모하지 않"는 자는 바로 너, 그러니까 여기에 없는 '그'다. '그―너'는 마르지도 사라지지도 않는다. '그―너'는 내 마음, 생각 속에 사랑의 이름으로 편재하며, 잦아들고, 불려 나올 뿐, '그―너'는 없다. 그러니까 부재한다. 애타는 부름 속에서 끊이지 않는 생각 속에서, 사랑은 망가질 것을 알면서도 할 수밖에 없는 일을 감행하게 한다. "바스락거리는 심장을 쥐고" 너와 함께 "고요히 회전하는 불운들"(「회전하는 불운」)을 지고 걸어가는 사랑, "눈을 뜨면 차고 달콤한 것이/ 손가락 사이로 흘러내리"는 저 찰나의 사랑, 제어될 수 없다는 듯, "어쩔 수 없는 밤이 우리를 갉아먹도록"(「겨울의 펠리컨」) 그대로 놔두거나 방기하는 사랑, 그것이 무엇인지, 정체가 그 속살이 무엇인지 우리가 잘 알고 있는 사랑, 이 사랑은, 그러나 나 혼자 누군가를 그리워하는 사랑이 아니다. 그것은 "내가 하는 일이 아니"라는 사실을 내가 알고 있으며, "내가 모르게 하는 일도 아니"라는 사실을 정확히 내가 알고 있는 사랑이다.

꿈꾸지 않는다면 끝나지 않을 밤들
　한 장씩 피부를 벗을 때마다 너는 작아진다 몸의 무늬들이
물처럼 흔들린다 맨몸으로 떠다니는 갈 곳 없는 꿈처럼

　잘 봐, 어둠마다 네가 거꾸로 매달려 있어

흔들리는 머리칼 너머
자신의 울지 않는 얼굴을 보는 악몽처럼
늑골에선 선율도 없이 무모한 코러스가

아침이 오면
우리는 나란히 누워 있다

내가 너의 목을 조르고
네가 나의 목을 조르면서

——「밤과 꿈의 뉘앙스」에서

슬픔이 비루한 우리를 살찌우고 바람을 피우고
서로의 다정한 목소리에 질겁하도록
실감을 잃어버린 감정에 대해
엎드려 우는 사람의 척추뼈를
칼림바 건반을 연주하듯 매만져 주고
사랑을 잃은 친구에게는 선인장 가시를 선물하는

치명적이지 않으나 추억을 불러오는 밤들에
우리는 다행이라고 말한 적 있다
무엇이 다행인지도 모른 채 다행이라서
사람처럼 먹고 자고 다시 넘어질 각오로
달력 한 장을 찢을 때마다 이상한 기분이 되어
서로의 닮은 어깨에 머리를 기댄 채
아직 오지 않은 사랑을 죽인다
엉망으로 취한 시간에는
모두들 가여운 짐승이 되기도 하는 거라
한 병의 위스키를 마시면 실패하지 않고
기꺼이 이상해지는 운명의 카드가
그의 호주머니에 있다

　　　　　　　　　—「까맣고 야윈 달력에게」에서

　이 사랑은 그러니까 보지 못하거나 보면 안 된다는 사실
을 미리 알고 있다는 사랑, "그럴 수밖에 없는 말이 있다는
것"(「겨울의 펠리컨」)을 우리가 알고서도 진행하는 사랑, 그
러나 하면 할수록, 손을 대면 댈수록 덧나는 상처처럼 "무
단의 아름다움에 도사리는 광증"(「포르말린 향이 나는 빛」)
을 일깨우는 불시의 사랑이다. 서로를 독점하거나, 서로에
게로 넘쳐 충만한, 서로가 서로에게 끊임없이 범람하는 잉
여의 불사조가 되거나, 과잉 그 자체로 거듭나는 이 사랑
에는 덧셈은 없다. 사랑은 '나—너', 이 애초의 원 두 개

를 완전히 지우는 것이며, 지운 다음, 전혀 기대하지 않았거나 전혀 알 수 없었던, 이상한 형태의 도형 하나를 만들어 내는 것이기 때문이다. 이 사랑은 "잠 속으로 출구 없는 병으로 열띤 죽음으로 한 발"(「포르말린 향이 나는 빛」)을 내딛는 사랑, 사이와 사이, 몸과 몸, 저 트랜스의 빛나는 순간, 몽롱한 '여전히'와 애매한 '아직도'가 잠시 접촉면을 가지며, 끊어질 듯 이어지고, 이어질 듯 끊어지는 사랑, 한없이 비틀거리며 나아가는 사랑, "이 지옥 안에서" "휘말"(「reflection」)리는 사랑이다. 그것은 "지연된 꿈을 유서처럼 준비하는 자의 환희"(「포르말린 향이 나는 빛」) 속에서 "몇 장의 다른 밤이 보랏빛 밤"처럼 펼쳐지며, "이상해"지고 "자꾸 무모해"지고야 마는 사랑, 그렇게 컴컴한 하늘에서 밝은 대지 위로, 갑자기 쏟아지는 햇살이나 빗줄기처럼, 과거와 현재와 미래가, 수직으로 꽂히는, 기어이 순간에만 맺히고 사라지는 사랑이다. 그것은 또한 "마지막 담배를 나누어 피"우며 "처음부터 없었다는 듯이" 아무렇지 않게 "악수를 나누며 헤어져야 할 시간"(「302호」) 앞에서 속수무책, 무너지는 사랑이다. 이 사랑, 어느 어두운 시간이 있어, 내 등 뒤에서 몰래 흘러갈 것이며, 어느 밝은 순간들이 있어 머리 위에서 영롱하게 빛날 것인가? "굴리면 굴릴수록 희미해져 가는 운명들"(「연필점」)처럼, 사랑은 지나면 지날수록 빠져 나올 수 없거나 아예 빠져나오면 안 되는 미로들로 촘촘히 둘러싸이고, 눈이 침침해서 발치 앞을 보지 못하거나 혀가

꼬여 당당하게 말하지 못하는 나는 "또다시 아침이 올 때
까지"(「연필점」), "내가 모르는 것들이 나를 부"(「섬망」)를 때
까지, 먼 피안을 바라보며, 희미한 지평선 위에 사랑을 올
려놓고 까닭을 알 수 없는 숨을 몰아 쉰다.

사랑, 유리병에 담긴 파이를 기록하듯

　사랑은 정확한 비율을 알 수 없는 파이(π)와 같다. 시인
은 마음의 꼴과 지름, 시간의 둘레와 비율, 고통의 넓이를
재는 데 없어서는 안 될, 이 사랑의 파이를 기록하며, 비애
와 초조를 돌본다.

　　그러면 염병할,
　　빌어먹을, 천벌받을 글자들이
　　내 눈으로 들어와 눈을 파먹고
　　마음을 파먹고 그림자를 파먹다가
　　사지가 쪼그라든 내가
　　노망이 들어 사랑을 말했다고 한다
　　죽어서도 사랑을 말하고
　　썩어 가면서도 사랑을 말했더니
　　눈에 박힌 말들이 사방무늬로
　　울음을 터트리더란다

한 줌, 먹물 같은 눈물이

눈 위에 찍힌 발자국처럼

어딘가로 가고 있을 거라 한다

　　　　　　──「눈에 박힌 말들이 떠나간다」에서

너와 나의 거리는 일정하게 움직인다. 누군가 다가서면 누
군가는 멀어지듯이, 너는 구를 그린다. 구는 찢어진 볼처럼 붉
다. 붉은 구는 꼭 붉지만은 않아서 검고 푸른빛으로 보이기도
한다. 그 속에는 마주 앉은 우리가 있다. (……) 구는 0이 되
고 공간이 되고 유희가 되고 슬픔이 된다. 거울이 되었다가 묘
비명이 되었다가 밑동이 되었다가 낯선 비밀로 돌변하기도 한
다. 너는 구를 본다. (……) 그리고 이것은 구이지만 구가 아니
다. 이것은 우리지만 우리를 빙자한 구이다. 처마 밑에서 비둘
기들이 날갯짓을 하는 동안, 낡은 선풍기가 거실에서 돌아가
는 동안, 너는 손발을 늘여 그림자를 채워 넣는다. 작은 네 손
이 연필을 쥐고 빛을 지우면 검고 심약한 구는 잃어버린 어제
처럼 굴러간다. 구르는 구는 시시각각 달라지고, 달라지는 빛
속에서 우리는 어지럽다. 당장이라도 저 끝으로 사라질 것처
럼 무모하다. 끝없이 가속페달을 밟는 기분으로, 사막이 출몰
하고 태풍이 몰아치는 이 행성을 질주한다. 망쳐질 것들은 이
미 망쳐진 세계, 출구를 찾을 수 없어 서로를 껴안고 숨죽일
수밖에 없는, 이곳은 이름 모를 행성이고 우리는 뿌연 대기
안에서 저녁밥을 먹을 것이다. 집 잃은 고양이를 품에 안고 잠

들 때까지, 어디부터 그려야 할지 어디서부터 지워야 할지 알
수 없지만, 여기 가장 둥근 빛 하나가 책상 위에 있다.

―「구(球)」에서

　　그때 문득 여자는 깨어나고 싶다는 생각이 들었던 것인데
무엇에서 깨어나고 싶은지도 모른 채 막연하게 이건 아니다라
는 생각이 들 뿐이어서 그런 무지한 기분으로 일기를 쓰고 싶
었는지 모른다

―「일기예보」에서

　　사랑을 기록하는 일, 그것은 "끝나지 않는 실패"의 구술
이자 "울렁이는 여백"(「몸주」)을 메우는 것이며, 너의 흔적과
그 흔적에 고인 울음을 받아 적는 어두컴컴한 어둠의 일이
자, 산술적으로 환원할 수 없는 "당장이라도 저 끝으로 사
라질 것처럼 무모"한 순간들이 파 놓은 깊고 컴컴한 구덩이
에 빠져 "불완전한 마음의 유령/ 불완전한 육체의 귀신"(「어
두워질 때까지 거대한 돼지는 울었다」)이 내는 목소리를 받
아 적는 일이다. '구'는 '나'가 만든 사랑의 세계, "0이 되고
공간이 되고 유희가 되고 슬픔"이 되는 순간들이다. 이렇
게 "절반의 기억과 절반의 망각을/ 손안에서 가꾸는 사람"
(「Sana, sana, colita de rana」)이 되어, "연필을 쥐고 빛을 지우
면", 지워 낸 이 어둠은 "검고 심약한 구"가 되어 "잃어버린
어제처럼" 백지 위를 굴러다니기 시작한다. 이 실패하는 사

랑의 기록자는 "가장 둥근 빛 하나"가 "책상 위에" 놓일 때까지, 부정과 긍정 속에서, 현실과 꿈의 경계를 지우고, 불면의 밤, 숱하게 양을 헤아리며 "뱀처럼 똬리를 튼 꿈들이 손안에서 반짝이기"(「백치」)를 기다리며, 오지 않을 너, 신기루 같은 너, "교훈"에 붙잡히는 너, 안개와 어둠과 꿈에 둘러싸인 너, 희미한 너, 끊임없이 내가 대화를 나누려 신호를 보내는 너, "무엇에서 깨어나고 싶은지도 모른 채 막연하게 이건 아니다라는 생각"에 사로잡히게 하는 너, 그럼에도 "무지한 기분으로 일기를 쓰고 싶"게 만드는 너를 기록한다. "느슨한 혀로 알 수 없는 문장을 발음"(「서기의 밤」)하며, 시인은 "유리병에 문장을 모으는 사람, 유리병을 채워서 빛과 사랑이 없는 곳으로 달아나는 사람", "연민 없이 시간의 살이 불어나는 동안 서로의 가장 나약한 문장을 쥐고 흔드는 사람"(「술을 삼키는 목구멍의 기분으로」)이 된다.

　　너는 한 문장을 바라보고 있다 퍼즐 조각을 맞추듯 손끝이 부스러지고 부서진 문장이 슬로모션으로 달아나는 것을 보면서, 기타라고 발음하자 기타, 네가 기타라고 말하면 나는 같다라고 쓰고 기타라고 쓰면 너는 기다 기어가다 기다랗다라고 말한다 그렇다 너의 혀는 길고 나의 손가락은 마디가 없다 입속의 침묵과 망각으로 만든 문장을 나열하면 나열한 문장들이 저들끼리 분란하도록, 우리를 지나친 시간이 밤의 무한으로 나아가도록 시간의 학대를 받는 포로가 되지 않으려고, 혹은 사랑의 무게를 감당하기 위해, 유리병에 사랑을 담아 밤마다 펜을 쥐는 사람, "아직 못다 한 문장이 기어이 흩어지도록", "어디서도 실패하지 않을 고독"처럼 찾아온 마음에, 그 "낯섦 같은 것"(「악력(握力)」)에 시인은 입을 달아 준다. 시인이 들려주는 이 사랑의 변주곡에는, 사라지는 사랑, 몸짓으로 기미만을 감지하고 마는 사랑, 너도 나도 모르는 사랑, 모든 걸 잠시 잊고 맞추는 입술 위에서 살짝 피어나는 사랑, 허나 끝내 사라지거나 패배할 사랑, 일면 기울어진 사랑이 흘려보내는 아픔과 고통과 상처의 흔적들이 측정할 수 없는 과오처럼 스며들고, 연주할 수 없는 악보처럼 흐르고, 지워 낼 수 없는 폭죽처럼 작렬한다. 이 사랑의 기록은, 어질어짐에 깊이를 보태고, 멜랑콜리의 찰나를 보다 두텁게 해 그 양감의 가짓수를 늘려 가는 감각을 주조하며, 내면의 변화를 외부에 투사하는 각성과 꼼짝없이 독대하면서 속절없이 사방, 저 도처에서 무너지는 언어를 선보인다. 박은정의 시집에는 눈물과 절망이 행간마다 대롱거리고, 낯선 감각과 예리한 시선이, 사랑과 죽음이 공허한 하늘을 무지르고, 어두운 거리와 술잔에 담긴 초록색이 붉은 불꽃을 틔우며, 그림자와 빛이, 이 둘을 쥔 뜨거운 두 손, 저 악력(握力) 속에서 어우러진다. 퉁퉁 불은 발걸음은 고독과 울음의 깊은 곳에 마음을 내려놓게 재촉하고, 헝크러진 머리칼과 굴처럼 상해 가는 눈동자, 소금기를 머금은 그와 그녀의 사정이, 벌써 식은 커피처럼, 맡을 수 없는 향기로 기이하게 피어오른다. 이 이상한 열기와 증발해 버린 땀방울 사이로 어제의 기억이 눈을 감고 잠을 청하고 내일이라는 불가능함이 눈을 밝혀 나갈 길을 탐색한다. 소리 내어 읽은 한 행 한 행이, 사랑의 저 말할 수 없는 이완과 긴장의 마디마디에서 소진되지 않는 문자를 안고서 고요히 흔들거리며 속절없이 무너진다. 펜촉이 무뎌질 때까지, 골몰하며 내려놓은 이 사랑의 무늬가 모이고 또 흩어지며, 좀처럼 가지 않았던 시의 길 하나를 낸다. 비에 젖은 축축한 바닥에, 저 컴컴한 그림자에, 그럴 수 없었다고 믿었던 물기와 어둠이 잦아들고, 이 어둠 속에서도 빛을 뿜어내는 축축한 대도시 뒷골목, 그 누구를 위한 것도 아닌 사랑의 절망과 청원이, 서로 만나고 헤어지며 고통으로 꽃을 피워 낸 결핍을 흔들리는 시선으로 붙들어 맨다. 곤두서 있던 신경의 외침을 밤에 받아 내는 자, 그는 사랑의 파이를 기록하는 사람, 시인 박은정은 사랑의 "너를 받아쓰는 사람"(「서기의 밤」)이다.

지은이   박은정

부산에서 태어났다. 2011년《시인세계》신인상으로 등단했다.
시집으로 『아무도 모르게 어른이 되어』가 있다.

밤과 꿈의 뉘앙스

1판 1쇄 펴냄 2020년 2월 28일
1판 5쇄 펴냄 2022년 10월 18일

지은이 박은정
발행인 박근섭, 박상준
펴낸곳 (주)민음사

출판등록 1966. 5.19. (제16-490호)
서울특별시 강남구 도산대로1길 62(신사동)
강남출판문화센터 5층 (06027)
대표전화 02-515-2000 / 팩시밀리 02-515-2007
www.minumsa.com

ISBN 978-89-374-0888-5 04810
      978-89-374-0802-1 (세트)

· 이 시집은 2019년 아르코문학창작기금을 수혜받았습니다.
· 잘못 만들어진 책은 구입처에서 교환해 드립니다.

민음의 시
목록